Le voyage au cœur d'un coeur

Par: Choukri Abdelhamid

Edition : BoD - Books on Demand
12/14 rond-point des Champs Elysées, 75008 Paris
Imprimé par Books on Demand GmbH, Norderstedt, Allemagne
ISBN : 9782322033577
Dépôt légal : Janvier 2014

... à l'amour de ma vie Lamia
Harcheb...

Ce texte est extrait des mémoires
de Choukri Abdelhamid,

La plus belle histoire d'amour d'un
rêveur

Préface:

Abdelhamid Choukri est un écrivain, poète, né en Angleterre. Reconnu par son caractère d'Acier et sa vulgarité, n'ayant pas de respect pour les convictions des riches Algériens. Abdelhamid Choukri mène une vie chaotique, tiraillé entre les plaisirs de la vie et l'amour qu'il éprouve pour une femme qui semble être pour lui une princesse. À vingt ans il apprend le décès de son père, aucune personne ne court à sa rescousse, juste quelques amis avec qui il traînait. Tout change pour Choukri, qui retrouve la motivation et s'inspire de la mort de son père pour enfin écrire un recueil " Patience= Renaissance" puis un roman poétique " les voix du cimetière".

Pour ceux qui n'auraient pas eu la chance de le connaître, Choukri a toujours l'air d'émerger, avec une clope au bec, après des nuits sans sommeil. Ce qui nous ferait facilement oublier qu'il est aussi écrivain. Abdelhamid Choukri est un funambule admirable qui est au mépris des conventions et des institutions. D'autres pensent que Choukri est un charmeur, avec une vanité de Rock star, qui n'a pas eu une enfance facile.

À l'âge de 21 ans, il rencontre une jeune femme qui fait de lui ce poète tout en lui rendant sa liberté et sa fierté. Grâce à elle il a pu écrire "le voyage au cœur d'un cœur" cette jeune femme se nommait Lamia.

Faut-il enterrer son passé?
Pourrais-je avoir une réponse?

Répondiez, au fond de vous, au
fond de vos cœurs vous ne le savez
pas, et vous savez pourquoi; parce
qu'on sait jamais ce qui se passera
demain, c'est ainsi que je me dis:"
pour le moment je me construis, et
demain peut-être j'aurai une vie".
Quand nous grandissons, nous
apprenons que le temps passe trop
vite, alors ce qu'on fait; on pleure!

Puis on s'auto brise le cœur. Ça m'est arrivé plus d'une fois, et croyez-moi c'est plus dur à chaque fois.

Les gens ne font pas la différence entre « réussir dans la vie » et « réussir sa vie ». Chaque chemin aboutit à quelque part, alors écoutez ce que votre cœur vous apprend, à ce moment-là vous feriez peut-être la différence.

Ce recueil a été écrit pour aboutir à une phrase: " Le voyage aux cœur d'un cœur" qui est le titre de ce livre.

Sheffield... Angleterre

... c'était un janvier... le monde avait connu une naissance, en ouvrant ses yeux pour la première fois, il avait ressenti mille présences. Tout émerveillé par la lueur première, en d'autres mots, par la beauté de sa mère, que son nom était:" Patience et Prière".

On lui avait donné un petit coup, il avait pleuré pour la première fois, en pleurant il avait vu que son destin ne serait point en soi, et qu'il ne connaîtra jamais l'époque de ce beau, bel, et magnifique bois.

Son père, en le voyant pour la première fois lui dit:" pour être mon fils, faudra-t-il que tu ne sois rien qu'une invention" son fils l'avait regardé avec ses tout petits yeux pour vouloir lui dire qu'il était très loin de cette ambition. Une envie de dormir pour l'éternité, c'est ainsi que maintenant en dormant il répète le mot pitié! Pitié!

Le souvenir pleure ses dernières larmes, des envies fleurissent, et la chaleur qu'il en reste me fait de plus en plus peur. L'avenir était un peu plus loin, moi je n'étais que dans ton coin. Seule vie humaine; c'était mon enfance, sans rien dire ma tête était un désert, sauf que j'étais maître de mon univers.
Les carcasses que les beaux jours n'ont pas connues. «Il ne me reste plus rien..." je me dis en regardant mes traces de sang. J'ouvris la porte en roulant sur le sol... je n'étais plus là, retrouvez-moi, "tu me terrifies..." me dit ma sœur.

Dans le petit matin, tu continues à boire comme si de rien était. Ce mois de novembre, t'avait même peur de mon ombre. Ce mois où tu m'avais vu faire ce dessin sur lequel j'avais écrit:" AUTO-DESTRUCTION" sauf que ça n'était pas juste un pion dans un grand échiquier.

Pendant quelques secondes, j'étais là dans un trou, à ma possession un M14; 16 balles au lieu de 8 et l'arme possèdent une poignée et sa puissance augmente moyennement, à ma droite une mallette remplie de FAMAS; 45 balles au lieu de 30, un viseur laser, et les dégâts sont très peu augmentés. Voyez-vous en quelques secondes, j'étais un trafiquant d'armes. Dans le métier j'étais le meilleur, grâce à moi le monde a peur. Je n'ai ni nom, ni prénom, aucune identité, je suis l'inconnu.

Ce n'est pas ce que j'ai voulu, bien que la vie je ne l'ai jamais connu... dépourvu. Je recharge mon M14 en persuadant que le bonheur était revenu. Heure par heure et je me dis que c'est moi le créateur de la peur. On dit que dès que je range mes flingues c'est la fête, mais je reste toujours cet étranger, alors qui aurait le courage de me tenir tête? Personne... oui personne. Un jour une demoiselle m'apparaissait, était loin de me fasciner, avec son sourire qui était rose, qui avait un peu des secrets mais trop de désirs. "Qui suis-je..." curieuse, elle approchait, j'avais senti son odeur, une idée c'est de se retourner. Quoi lui dire; " je suis cet inconnu trafiquant d'armes que sa vie est une grande larme? Ou bien ce trafiquant d'armes qui se donne du plaisir à tuer des gendarmes?" Je ne savais pas quoi répondre à cette jeune femme qui était pour moi un petit bout de cendre après avoir été en flamme. Si elle ne me connaissait pas, dès qu'elle

Me parle je dirais qu'elle me blâme. Pour elle je serai ce genre d'homme qui se dit:" je donnerai mon âme pour ne jamais tomber en panne..." mais je crains de ne pas être cet homme, tout ce que je pourrai lui dire c'est que: si je suis ce que je suis, c'est que le destin me poursuit. Quelques heures dans ce trou et qu'est-ce que j'entends, la police qui veut entendre mes excuses et mon pardon. Je prends mes bijoux, je m'enfuis en réclamant le jeune petit Lilou. Un enfant de dix ans hors des normes, toujours souriant qui avait la pêche et la forme." Prends ce sac, je lui avais dit, et n'oublie pas de faire ton travail habituel..." Je mets l'autre sac derrière mon dos tout en cherchant une scelle, je devais faire vite car les temps étaient devenu pour moi trop cruels. Je vole une petite moto, son propriétaire tout le monde le nommait mytho, je ne savais pas pourquoi, tout ce que je savais c'est qu'il était grand comme un poteau. Tout en roulant, je songeais aux jours anciens, je me dis que l'avenir sera sans doute bien. En me retournant que vois-je; la jeune femme avec son uniforme dont ma liberté s'en dorme.

-Arrêtez-vous, me dit-elle.

- Jamais...je ne m'arrêterai lorsque je creuserai ma tombe avec ma propre pelle.

Avant tout cela. Lorsque j'avais rencontré cette jeune femme, Je m'étais promis que je ferai tout mon possible pour que ma joie demeure à tout jamais, sans oublier de m'autofilmer. Je me suis dit c'est bon je tourne une nouvelle page, je vais sans doute vivre une nouvelle vie. J'avais tellement hâte de respirer l'odeur de son corps chaud et amoureux, n'empêche que la vie n'avait pas fait de moi cet enfant peureux. Voir son sourire radieux sur son doux visage, car son absence me donnait de l'âge. Elle remplit et remplira à jamais mon cœur d'amour, pour qu'elle le réchauffe comme le réchauffement du four.

Quelques minutes, je me suis retourné, elle avait une arme, mes yeux voulaient couler mes précieuses larmes.

-Où est notre amour ? Pourquoi veux-tu me tuer ? Je disais tout haut.

-Pardonne-moi, je ne fais que mon devoir... me répond-elle.

-tuer celui qu'on aime est-ce un devoir ?

-Non... mais faire son travail en est un.

- Alors je serai capable de te donner mon âme.

-Pourquoi ?

-Par respect de tes choix, parce que la vie n'est rien qu'une question de choix.

-Que choisi-tu alors!

-La mort! Je disais tout haut.

-La mort et en quelle cause ?

-Oui la mort... je mourrai pour ton amour envers moi... je donnerai mon corps... mon âme juste pour rendre la monnaie de cet amour, très chère femme.

Elle tire, je suis touché... Je tombe au sol, maintenant que serait-il mon rôle,

-Tu as donné à ma vie une magnifique couleur, me dit-elle, tous les poèmes d'amour ne suffisent pas pour dire combien mon amour est si brûlant, ton cœur est sans doute un aimant.

C'est ainsi que je me réveille, ce n'était qu'un rêve, je n'étais ni trafiquant d'armes, ni mort, parfois les rêves nous donnent du tort. Je me posais la question; pourrait-on tuer son cœur pour seulement faire un travail qui nous donnerait juste un petit bout de beurre? En tout cas moi je ne le ferai jamais, mon cœur face au mal restera toujours armé. La femme... je rêvais tout le temps d'elle, même dans un rêve je ne pourrai lui faire de la peine.

Dans mes magnifiques rêves, sous tous les toits, nous deux nous nous tenant par la main... nous faisons qu'un. Nous nous croyons partout, et dans les yeux vagues de la foule on n'a rien de mystérieux.
Cette jeune femme était une princesse avec un doux petit teint rosé si agréable et si bel à regarder. Je me souviens lors de notre connaissance, juste quelques mots doux que l'on a partagés pour réaliser que ce jour sera pour nous le début d'un grand amour.

Avec le temps j'irai avec elle vers l'horizon rien qu'elle et moi, pour dire à mes futurs enfants que mon premier pas avec elle était illuminant. Son cœur avait la couleur de l'arc-en-ciel, car avec elle chaque jour, chaque soir, mon cœur retrouvait la victoire, son nom sera gravé pour toujours, éternellement.

Je me lève du lit, direction la salle de bain sans aller plus loin. Je me lève, soulevant mon corps, ses goûtes d'eaux qui me poussent dehors. Mes yeux si lourds, tout en pensant à ma charmante princesse que je deviens si sourd. Mon cœur pour elle est vif d'un vent où il a les larmes d'enfant. Tout simplement je me lève d'un amour qui crève.

Je fais ce que j'ai à faire et j'y retourne. Un autre rêve; maintenant je suis cet apprenti écrivain, qui laisse sa feuille prendre avec lui son bain. Cette charmante feuille avait la même couleur de ma magnifique princesse. Je la protège mais malheureusement rien à écrire, par peur de la salir, je n'écrirai que de magnifiques phrases pour tracé son destin. Ce jour où il arrivera de mon stylo j'en ferai un festin. Cette feuille que je nomme Princesse qui

deviendra un jour ma belle reine.
Avec elle j'observe, je m'inspire,
tous deux liés surmontant le pire.
Je suis toujours cet écrivain, jeune
garçon perdu dans un grand océan.
Une seule envie; protégé ma feuille
qui a le reflet de ma bien-aimée. Je
suis ce jeune garçon qui est maigre,
avec des yeux cernés par la fatigue,
mes mains portent les taches
d'encre causée par mon stylo et par
l'imprimante de mon ordinateur,
sauf que ces taches ne sont pas
visibles mais transparentes, aussi
pas récentes, elles sont invisibles
comme l'invisibilité de mes écrits
sur ma feuille.

Dans mon rêve, quand le vent
soufflait le soir, l'odeur des jeunes
riches de mon âge qui roulaient
dans de belles voitures payés par
leurs riches parents, remplissait les
allées d'un quartier où j'aimais

prendre mon café. Je suis ce jeune garçon qui avait perdu son père dû à un cancer, il ne lui était rien laissé sauf une voiture, dont il ne voulait absolument pas la vendre. Il disait souvent que c'était sa source d'inspiration, et c'était grâce à cette voiture qu'il pouvait se souvenir des beaux moments passés avec son père quand il était jeune.

Dans ce rêve, j'avais perdu mon inspiration, je savais que ce n'était pas honteux qu'un écrivain perd son inspiration, et ma vraie fierté qui était ma feuille Lamia, je ne l'avais nullement perdue.

Le jeune garçon que j'étais, prit la route sans savoir sa destination, frissonnait dans le froid matinal, mais il savait que ces frissons le réchaufferaient et qu'il serait bientôt penché sur sa feuille. Un homme sous le nom de Cherif m'avait apparu et m'avait dit: «Ah ! Quand tu reviendras de ton séjour, peut-être que l'homme aura disparu, ton pied sur le champignon, t'accomplira ta mission...".

-Je n'ai point de pensée, je lui avais dit, et pourtant la blancheur de ma feuille qui a plusieurs pensées. Pour combler son absence, tu me montrerais ce que c'est la patience, et je vivrai avec l'impatience, l'influence, ma vie est en latence.

-Un jour je te raconterai le rêve avec un soupir, je lui avais dit, je raconterai ce que j'ai vu de pire, j'ai pris la route par laquelle on voyage le moins souvent. Un voyage avec l'océan vivant. Donner la rosée de ses pleurs, confier ses peurs, à ce magnifique oiseau qui était l'amour, qui m'avait conduit à la mer, pour enfin sentir le plein air. Dans ce rêve mon âme était perdue la nuit, mon cœur était brûlant et ébloui. La route de mon rêve était ma lumière, la blancheur de ma feuille était prière, et le temps devenait Pierre.

- Et ben alors va mordre le soleil pour qu'enfin la vie te donnera du miel, avant de la rencontrer, dit Mohamed, il faisait très noir autour de toi, je n'y voyais rien, pour elle que serait donc ton choix? Un rien ou bien écrivain?

- Je serai écrivain, je lui avais dit.

-Tu es amoureux jeune homme, me dit-il.

-Pourtant, je lui avais dit, les autres écrivains s'inspirent par d'autres méthodes, comme le sexe mais voilà, moi je ne suis point comme eux, je laisserai ma belle Lamia me faire connaître que des merveilles. En haut, le jeune garçon que j'étais vit un aigle aux longues ailes noires traçait des cercles dans le ciel. L'aigle fonça brusquement vers ma voiture, et à quelques mètres de ma vitre gauche recommença à tourner en rond. Pour moi c'était un truc magnifique. Ses ailes déployées, je le vis tournoyer.

Ses yeux avaient la couleur de la nuit, son cœur était un puits. «Emmène-moi je lui dis». Symbole d'amour qui était une merveille, mieux que ce magnifique soleil. Il m'avait donné l'espoir de devenir cet enfant, l'enfant trouble avec un cœur tremblant.

L'aigle s'éleva dans l'air, puis recommença à planer et à tourner. Le jeune garçon redescend de sa voiture, prend sa feuille, son stylo et se dirigea vers une barque. Le jeune garçon rama vers l'endroit au-dessus duquel l'aigle décrivait ses ronds. L'aigle prenait soin de maintenir ses lignes verticales et tendues.

"Tu vas plus vite que le courant, dit le jeune garçon à haute voix». Le jeune garçon rama pendant quelques secondes. Il aperçut des poissons qui jaillissaient hors de l'eau. L'aigle fonça brusquement vers les poissons et chassa un. "Bravo mon très cher aigle, bravo, dit le jeune garçon à haute voix". Quelques minutes l'aigle me chassa:" L'amour a chassé l'amitié, dit le jeune garçon, à toi qui pourrait bien s'imposer?" C'était là que je suis devenu amoureux de ma feuille, c'était aussi là où ma plume voulait renaître et découvrir les trésors de ma feuille. J'étais l'inconnu d'hier, pour devenir l'amant de sa lumière, grâce à qui ? Un aigle noir qui était pour moi symbole d'amour qui reflétait mon cœur derrière un beau miroir, que d'autre était symbole de peur, honte et crachoir.

Réveillé, j'étais épuisé de rêver, de survivre, et d'espérer. Rêver de cette femme pour Juste me faire plaisir, mais en vrai ma vie s'empire. Un moment j'en avais marre d'espérer et de laisser ma vie couler, j'en avais marre d'espérer et de patienter. J'aimerais que tout soit parallèle. Oh ma belle feuille sors-moi de cette situation et de mes superstitions, ne me regarde pas souffrir, dis-toi qu'un jour tu vas me revenir. Le temps passe et mon destin voulait que je sois isolé, c'était là que les gens disaient de moi que j'étais cinglé, on voyait dans le blanc de mes yeux que j'étais devenu alcoolique, ainsi que ma feuille maintenant me regarde sans critiques.

Tous les soirs je plongeais dans le noir, des soirées où mon âme avait fait preuve de désespoir. Sans elle je ne serai jamais moi. Mais voilà, il a fallu de ma vie pour que je perde toute sa merveille, mes douleurs s'échappent dans les airs, à l'avenir je serai triste tout en étant entré sous terre.

Dans ce monde je n'ai plus ma place, ne vous souciez plus de moi, je vous quitte pour un long sommeil, je vous quitte pour elle, au jour d'aujourd'hui je n'en peux plus. Mes yeux se ferment tout seul tout en me disant que j'étais juste qu'un imbécile dont la vie lui a appris à se tenir et de rester debout. Pour mon rêve j'étais inutile et transparent mais qu'est-ce que ça peut bien vous faire ? Cet amour tout le monde va sûrement l'oublier, mais moi jamais. Maintenant Je pourrais me contenter d'un sourire qui me serait destiné. Or depuis des jours, j'ai arrêté d'espérer, dans le vide que j'avais créé et le néant, il n'y a plus rien que j'attends.

Ma fatigue se fait sentir, le brouillard qui est en moi de plus en plus voudrait s'agrandir. Il suffirait pourtant d'un oui à la distance, mais elle ne peut pas sinon elle s'explose.

Je fumais plus que de raison, hypothéquant ma santé. Quand je pense à l'échec, qui risque de se reproduire, je crains tout anéantir. Espérer ne m'est pas nécessaire, la distance sait me défaire! Aujourd'hui je m'appelle brouillard, mon espoir est loin, je pense que c'est déjà trop tard.
Un matin j'ai pris mon café, je me suis assis, c'est alors que j'ai vu deux pigeons, un qui était blanc, l'autre d'un bleu sombre. Je me suis dit: "voilà un couple qui se moque totalement de ce que la vie voudra faire d'eux" Quelques minutes un vieil homme s'est assis à côté de moi et me dit: - libère-toi mon fils...

ta vie est sous démence.
- Si seulement je pouvais faire quelque chose, je lui avais dit.
-Je connais un jeune garçon qui a tracé un chemin d'épines pour nous faire prouver que son âme est heureuse, me dit le vieil homme.
- Ce jeune garçon se croit en paix, je lui avais dit.
-Pourtant il finira un jour par nous tuer, dit le vieil homme.
- Pourquoi il est dangereux?
-Sa tête est dangereuse, dit le vieil homme, une âme malheureuse et un cœur de faucheuse.
-Cette personne est l'amour, je lui avais dit, c'est une personne aveugle et sourde, ce garçon nous consommera pendant que notre cœur finira par sombrer sous terre.
-Alors ce jeune garçon est semblable au sable au parfum de roses, me dit le vieil homme.

-Ce jeune garçon que tu connais se regarde à peine maintenant, je lui avais dit. Pourtant il hurle en moi de ne pas et de ne jamais être moi.

-Un seul et même être, dit le vieil homme. Avec le temps il va renaître.

-Sans elle, je ne le pense pas, je lui avais dit. Lorsqu'il se réveille, il voudrait se cacher encore une fois derrière son sommeil.

- Au fond il voudrait tant se cacher derrière son soleil, me dit le vieil homme.

-Pourtant il hurle en moi, Je ne sais si nos corps s'enchaînent.

-La nostalgie d'amour, le jeune brouillard avancera un jour à pas de velours, dit le vieil homme.

-Une pensée... un parfum de leur dire que je l'aime, je lui avais dit.

-Dis-le haut et fort mon fils, dit le vieil homme, car on ne vit qu'une seule fois dans notre vie.

-Comment le faire si la tradition ne le veut pas.

-Fais-le par l'odeur et chants des oiseaux, dans ce jardin où le temps n'a plus de cours, dans ce jardin où tout a commencé et tout sera fini, me dit le vieil homme.

-Je l'écrirai alors pour prouver au monde de quoi mon cœur souffre et de quoi il est capable.

- Tu as tout compris, me dit le vieil homme, arrivera le jour où ils comprendront qu'ils ont tout gâché et qu'ils sont la cause de votre tristesse.

-Je ne sais comment te remercier mon ami.

- Ne me remercie pas, car j'ai connu une histoire comme la tienne, me dit le vieil homme. Dommage à cette époque je n'avais personne à qui parler.

Dans le champ de fleurs, je retourne à mon rêve pour laisser s'ouvrir mon cœur. Couché sur le dos et se sentir si beau, je me calme de ses mots, mon amour envers elle qui flotte partout. Je ferme les yeux et je replonge dans un rêve qui pourrait durer cette fois un peu plus longtemps, un rêve féerique, tellement il est beau, j'en prends soin, tellement il est beau de rêver de ma feuille où ma réalité me fait peur. Je suis dans un monde où elle est près de moi, dans un monde où je pourrai parler avec elle. Rêver juste pour s'échapper de la réalité cruelle, rêver juste pour oublier le passé, pour s'évader, pour respirer quelque temps avec elle. Depuis son absence je ne fais que rêver, à force je me disais que ma vie n'était pas loin d'être réalité. Tête dans les nuages, mais un jour je l'avais connu et la vie était devenue si rose mais le monde était si triste. Elle m'avait dit avec moi, pour rêver il faudra oser. Rêver d'elle est l'unique et seule chose qui me permet de rester debout. Le rêve est semblable à une île que je connaissais bien et qui étais inconnue, ses habitants étaient tous bizarres. Un jour j'avais remarqué qu'ils ne connaissent ni de faim, ni de mer, le sable de cette île était si doux et fin, c'était une île mystérieuse. Ses habitants avaient la blancheur de ma feuille, ceux-ci me dirent, que ce monde n'était pas si inconnu, Je connaissais très bien cette île. Un horizon ensoleillé lorsque le matin me faisait réveiller. Je suis là avec elle: - mon cœur est un petit poème ma belle beauté, je lui avais dit, je voudrais tant le crier haut et fort. Tu hantes mes pensées.

- Ce que je ressens, me dit-elle, me fait remplir de joies, à travers mes mots je veux te dire que je suis à toi.

-Heureux que mon cœur soit un petit poème pour te dire que dans mes yeux, se trouve une seule étoile, à travers tes regards grillés sans plus se passer de toi.

-Quoi te dire à part que nous deux c'est pour la vie...

- Pour l'éternité...

- éternellement je déclare mon amour, car je sais que je t'aimerai pour toujours, me dit-elle.

-Je ne veux plus te perdre, je lui avais dit, ça fait déjà quelques jours et tu me rends l'espoir de mes mots, ces mots qui ont voulus partir, me quitter même. Je ne sais comment te remercier.

-Prends alors ta feuille, me dit-elle, en te lisant j'écouterai ton cœur.

-Ne pas avoir peur de ses mots, c'est ne pas avoir peur de son avenir, je lui avais dit, naître grâce à un océan qui me redonne ma liberté de l'écrit, penché sur ma feuille, avec ma plume déclarons aussitôt une parole d'un amant. Rien ne sera comme avant, le monde changera avec la sensation que l'on se prépare, en choisissant chaque chose bien à part.

J'entends l'alarme de mon portable;" je m'en vais ma belle princesse, à croire que mon rêve ne compte pas sur nous, dans quelques secondes le présent sera à m'a porté mais je préfère vivre dans ce rêve plutôt de pleurer de ma réalité, je lui avais dit.

-J'ai peur que tu m'oublies, me dit-elle.

-Jamais de la vie, je lui avais dit, ton souvenir restera à jamais ancrer en moi.

-Sache que je serai toujours là jusqu'au tant que tu ne voudras plus de moi.

Je lève mes yeux au ciel et je dis: "Dieu faite qu'un jour mon rêve deviendra réalité".

-Regarde une étoile filante, me dit-elle, fais un vœu.

J'avais fait le vœu que mon rêve serait un jour un rêve d'éternité. Quelques secondes je me réveille, incapables de chasser ma peine, son souvenir reste une évidence, peu à peu je perds mon silence, je songe à écrire sur ma feuille avec cette espérance, l'espérance d'être un jour avec elle, de partager ma vie avec elle et de vivre avec elle.

J'avais écrit sur ma feuille: " Le départ d'un cœur qui avait nourri mes peurs"

J'avais pris une autre feuille puis j'ai

commencé à écrire sans même que je m'arrête pour réfléchir:
"triste et sans chemin, aux longues rues de ton jardin, je sens ta peau soyeuse et l'amour de ta couleur silencieuse. Un papillon qui me sert, me délivrant ses peurs et ses pleurs. Pourquoi on me fait ça? Je ne le sais toujours pas, est-ce parce que je l'aime ? Ou est-ce mon destin qui est cruel? Sans toi je me rends compte que je deviens rebelle, je me souviendrai de tous nos souvenirs lorsque je perdrai un jour mon sourire. Mes nuits laissent échapper mes larmes, sans toi je ne sais comment m'en sortir, je veux seulement renaître et recommencer à vivre".
Les jours passent, et je deviens un fou sans remède. C'est alors qu'un vieil homme qui était une sorte d'ami, m'avait fait la connaissance d'un psychologue qui avait la

réputation d'être le meilleur de ma ville.

- Alors jeune garçon que ce passe-t-il, me dit-il.

-Rien à part que ma liberté s'envole, je lui avais dit.

-Retrouve là...

- Comment, si seulement je le savais.

- Pense à ton bonheur.

-Mon bonheur se trouve auprès d'elle, je lui avais dit.

- Qui... elle.

- Ma feuille, ma fleur, ma rose, celle qui se nomme Lamia

- Retrouve là car on m'avait dit que tu ne lui as jamais donné des adieux.

- La vie n'est pas si facile que ça mon ami.

- Mon fils...

- Je suis loin de l'être, je lui avais dit.

- D'accord jeune garçon, il m'avait

dit, tu deviens rebelle...

- Comment le sais-tu?

- Je le sais, me dit-il, car tu souffres d'une envie et d'un rêve que tu veux absolument le réaliser.

- C'est un rêve sensuel, magnifique.

- Je comprends, dans ce rêve vos corps s'enchaînent laissons place à vos caresses.

- Tu as tout compris, je lui avais dit.

- Mais ce que je ne comprends pas, me dit-il, tu as envie de lui parler mais tu préfères te taire pourquoi?

-Avec notre entourage, je lui avais dit, je ne sais quoi faire, je cherche désespérément.

-Deux amoureux qui ont un seul désir c'est de se rapprocher, me dit-il, bravo mon fils tu me fais renaître.

- J'aide les gens sans jamais trouver le moyen de m'aider moi-même.

- Patience mon fils... Patience!

-Un jour où l'autre je tomberai dans ses bras, je lui avais dit.

- Comment comptes-tu le faire mon fils.

- Je t'avais déjà dit que je suis loin de l'être.

-Oui je m'excuse ... alors comment comptes-tu t'y prendre?

-C'est en faisant bien attention à elle.

- Je ne comprends toujours pas, me dit-il, explique.

- Son amour désigne mon cœur, mon courage me fait signe. Maintenant la vie me demande encore une fois d'être patient, mais dans ce cas la patience est trop grande pour moi. Maintenant un jeune garçon veut se couper du monde, à cause d'une envie, le voir faire jaillir de son bras des flots de sang, je ne le résisterai pas longtemps. Vous savez, je ne peux rien faire contre le destin. Un jour on m'a demandé qui est mon pire ennemi, j'avais répondu que c'était mon destin. Les vieux de leur temps ne le croyaient pas, alors dites-leur de m'expliquer comment dois-je l'en empêcher ? Apparemment personne n'aurait une réponse qui tienne. Alors ce que je fais, je prends ma feuille pour écrire histoire d'oublier ma Souffrance mais rien.

Un jour viendra le temps des souvenirs, où je m'assoirai seul dans le noir en regardant le ciel étoilé, je repenserai à notre histoire, à notre amour. Ce jour-là j'aurai un mouchoir blanc à la main, j'écrirai pour la dernière fois ma vie en refrain, je me perdrai dans mes vagues souvenirs, je n'aurai qu'une triste envie; c'est d'être avec elle pour l'éternité. Ce jour-là je serai vieux, je dirai à mes petits-enfants que la vie est faite de haut et de bas, fut un temps où j'écrivais avec mes larmes et mon sang.

Je ne sais encore si le monde sait ce que c'est d'avoir ce genre de sentiment, cette passion ou bien cette obsession qui nous tue à chaque fois qu'on pense à celle qu'on aime. Je suis amoureux, j'étais loin de l'être dans le temps où j'étais encore jeune. Avant que tu meurs papa, je me souviens tu m'avais dit; " mon fils tu as été bien sage, Dieu te donnera sans doute un beau cadeau dans ta vie" maintenant je le dis dans ce livre; tu avais raison papa.

Elle s'appelle "Poupée porcelaine" qui aime un ex-jeune petit rebelle, ça n'arrive que dans un rêve, mais la réalité a fait ses preuves, en d'autres mots, je dirais que le destin a bien fait son travail.

Elle représente tout pour moi, elle est devenue mon cœur, mon âme, ma vie, à présent je l'aime tellement. Je n'oublierai jamais son doux et beau visage, une merveille, la plus belle merveille que Dieu avait créé dans ce monde vaste et cruel. Je lui disais toujours; qu'avant qu'on se connaisse, je détestais la vie et que personne ne pouvait m'aimer comme elle le faisait. Elle m'avait offert les meilleurs moments de ma vie, elle adorait lire mes poèmes, vu que j'aimais écrire de temps en temps, histoire de dire ce que je pense, ou bien ce que je ressens. Pour elle je ne renoncerai jamais, je veillerais sur elle pour l'éternité, je serai immortel, elle me chantera cette music qui est pour moi éternelle, même si je vais un jour devoir voyager dans les étoiles du septième ciel. D'un silence à l'autre, entre chaque battement de mon cœur et de mon souffle, je dirai toujours aux autres que je l'aimerai encore même si la vie s'essouffle. Je me disais avant; je dois remonter le temps et recommencer à zéro, faire tout ce que j'ai tant rêvé, mais en ce moment mon rêve s'est réalisé. Elle et moi on brave les interdits, elle avait reconstruit mon cœur fondu, elle a voulu faire de ma vie un livre inédit. Grâce à elle, je tiens mon sabre à la main, je ne me soucie même pas du lendemain, car un jour j'épouserai celle qui a reconstruit mon navire, pour lui dire à elle seule, je serai à toi pour le meilleur et pour le pire.

Voyez-vous je n'avais jamais écrit de si difficile de toute ma vie, comme on le sait tous, un écrit facile c'est; parler sans amour, parler pour ne rien dire, dire pour ne rien dire aussi, écrire pour ne pas trop parler, écrire pour ne pas s'exprimer, mais avec elle c'est diffèrent, j'écris pour une seule et unique fleur, je la nomme fleur de joie, elle remplit mon cœur de joies et de bonheurs. Maintenant en poète je rêve, je rêve de cet océan qui me rend si fier, cet océan où je me suis perdu sans jamais trouver jusqu'à maintenant mon chemin, le chemin vers la terre, au fond de moi j'en ai pas envie, je lui dis tout le temps; "...mon cœur je suis bien là où je suis, ne me cherche surtout pas...».

Je rêve de cette merveille, que mes mains s'éveillent, je le suis, heureux et harmonieux. Voilà un poète ne vit que dans un rêve, mais les temps ont bien changé, devant vous; des mots sortis d'un jeune poète qui ne vit que dans la réalité, et que sa réalité était devenue un vrai rêve d'éternité.

Cette nuit, sombre et noir, dans mon rêve je me suis vu comme un véritable poète, avec elle je deviens sensible avec une force des mots paisibles. Le poète ne vit que dans un univers diffèrent, un peu terrifiant. Un seul poète qui a le sourire dans ce monde; c'est moi, celui que pour cet océan, il ne fera qu'écrire.

Je n'avais jamais vu d'aussi beau, merveilleux, d'aussi noble de toute ma vie. Elle était une princesse charmante, ravissante. En lui écrivant ces mots, je n'allumerai aucune clope, mon bec sera vide, réservé pour son premier baiser à l'heure où elle lira ce livre.

Pour lui dire que je l'aime, je deviendrai un grand poète pour seulement lui écrire quelques poèmes, juste pour qu'elle ne l'oublie pas. Je ne sais comment faire chasser mon passé rebelle, chasser cette douleur, face à elle, les mots ne signifient rien, je suis sûr et bien certain. Même avec un livre, il me reste pour elle beaucoup à prouver, avec cet océan d'amour, mon cœur ne sera jamais brisé, sans elle je ne peux point avancer. Je me suis promis que je serai le seul, unique homme qui la traitera comme il se doit, Même si je serai rarement près d'elle, je suis dans son cœur à tout jamais, pour l'éternité.

Avant que le soleil se lève, je lui dirai avant de dormir; " je ne veux que toi, cette envie de te serrer dans mes bras, j'aurais beau t'écrire, mais je ne saurais te décrire... avant que le soleil ne se lève, je ferai ce rêve, celui où je toucherai tes lèvres, avant que la nuit s'achève je ne dirai aucun mot à part je t'aime".

Ma foi elle est ma liberté, les images du passé... oublier. Comme ce pauvre homme ivre qui essaie d'oublier, je ne peux écrire d'autre que des textes d'amours, que des textes qui parlent de cet océan, symbole d'amour et de paix et d'harmonies. Il pleuvra dans mon cœur lors de son départ, je le dis même si rien ne nous sépare... jamais... pour elle je ne serai qu'un fonceur, mais j'aurai toujours ce sentiment d'avoir peur, peur de la perdre un jour. Je suis bien meilleur qu'avant, je le sens grâce à son amour, à ce sentiment. Quand près d'elle je la tiendrai, avec ses mots que j'aime entendre, contre la cruauté je vais la défendre, je donnerai mon âme, mon corps au diable même, une seule autre phrase; je l'aime à mourir.

Je l'avais rencontré un soir d'été, je ne l'oublierai jamais, je me suis dit ;" quelle charmante jeune femme...". Depuis cette nuit tout à changer, ma vie, mes rêves, mon avenir. J'ai appris qu'une seule personne suffit pour s'amuser, sourire, et nous faire rêver, cette personne était elle.

- Bonsoir, je lui avais dit.

-Bonsoir, elle m'avait dit.

-Je ne savais pas qu'on était amis, on se connait?

-On n'est pas amis, jeune homme (en riant).

- Comment puis-je laisser une aussi charmante femme comme toi.

- Merci, elle m'avait dit, mais vous ne me connaissez pas assez pour dire ça.

- Je sens en toi cette tout autre personne, je lui avais dit.

- Comment ça ?

- Vous avez l'air d'être triste mais vous riez pour oublier votre tristesse.

•Je vois que vous me comprenez, elle m'avait dit, vous savez je sais aussi de quoi vous souffrez, je sais ce que c'est ne vous inquiéter pas.

- Oui c'est dur de perdre un être, je lui avais dit

On avait tous les deux perdu un être, on n'avait pas de père, sauf que ça n'empêche pas d'être à nouveau aimé, de revivre. Avec le temps elle m'avait montré qu'une seule personne pouvait tout changer, changer toute une vie, même une éternité.

- Vu qu'on se comprend toi et moi, je lui avais dit, laisse- moi te faire une faveur.

- Quel genre de faveur, elle m'avait dit.
- Laisse-moi t'aimer éternellement. Deux jours, juste deux à lui parler, pour réaliser que j'étais fou amoureux d'elle, je ne voulais absolument pas la perdre. En faisant connaissance avec ses larmes, j'ai dû comprendre que c'était des larmes semblables aux gouttes de rosée. J'étais toujours triste de voir ses larmes, même si c'était des larmes de joie, pour moi ce n'était que des larmes, c'est ainsi que je me suis promis que son sourire demeura à tout jamais, tant que je resterai à ses côtés.
- Tu as un beau visage pour le salir avec ses larmes ma princesse.

- Ce n'est point des larmes de tristesse, elle m'avait dit.
- Oui... ça reste des larmes, je lui avais dit, je te promets de faire tout mon possible pour que ta joie demeure à tout jamais.
- Je suis heureuse tu sais, elle m'avait dit. Avec toi je le serai pour toujours.
- Laisse-moi te faire rêver, te faire vivre un rêve d'éternité, un rêve qui ne se terminera jamais.
- C'est trop pour moi, elle m'avait dit.
- Rien n'est trop princesse, rien ne peut décrire ce que je ressens pour toi, rien ne peut décrire une aussi telle beauté, un aussi beau et magnifique cœur.

Elle était une fleur sans épines qui représentait mon future et mon présent, chaque pétale tombé représentera mon sang qui coulera pour elle, donnant à ma vie cette couleur, comment ne pas aimer cette fleur. Ne jamais apporter la douleur à cette magnifique fleur, elle pouvait donner autant de bonheur, mais si un jour je devrais la perdre, elle m'apporterait autant de douleurs.

Joie, tristesse, bonheur, douleur, rouge, Rose, pleurs, heureuse, elle est une jeune femme pas comme les autres. Cette fleur avait la folie de mon amour, enivrante, tristesse bien caché, sombre mais elle était très attirante.

Comme une nuit plein d'étoiles, où son cœur s'emballe, d'un rêve merveilleux où elle nous voyait à deux. Je faisais aussi ce genre de rêve, ce rêve tragique et magique, où nous deux mains dans la main, se promenant sur tous les toits, ce rêve où elle fait de moi ce roi que dans son cœur je me noie.

Je me souviens, j'avais rencontré un de mes meilleurs amis; - Tu n'es pas toi ces derniers temps, il m'avait dit.

- Comment ne pas l'être, je lui avais dit, quand on rencontre une beauté et une princesse au doux petit teint qui est si agréable à regarder.

- Tu l'aimes.

- Plus que je m'aime, je lui avais dit

•La vie réserve des surprises, il m'avait dit, bonne continuation mon ami, je te souhaite tout le bonheur du monde.

- C'est elle mon bonheur, je lui avais dit, un bonheur sans fin. Je rêvais de son amour auparavant.

-Tu rêvais d'un monde où tu es chaque jour avec elle, je le sais.

- Comment le sais-tu mon ami.

- Je le vois dans tes yeux, il m'avait dit, ton regard ne quitte jamais le sien.

- Je rêve de passer ma vie entière à ses côtés.

- Tu le feras, il m'avait dit.

- Je sais qu'il est tôt pour le faire, mais l'amour m'a rendu aveugle et a fait tout idéaliser, sachant que sur cette terre, sur ce monde vaste, elle est ma préférée. Vois-tu mon ami, je ne rêve de vivre au paradis, elle est bien plus qu'à paradis, chaque jour je me construis, grâce à elle je me dis tout le temps;" pour le moment je me construis et demain peut-être j'aurai une vie " elle m'apprend, je la quitterai pas, je m'endormirai éternellement dans ses bras.

- L'amour appartient à ceux qui s'endorment tard, tandis que l'avenir à ceux qui se lèvent tôt, il m'avait dit.

- Pour elle je m'endormirais tard et je me lèverais tôt, je lui avais dit.

•Sache que ça me fait plaisir, il m'avait dit, de la voir t'épanouir.
- J'aimerais savoir juste que je deviendrai un jour la cause de son bonheur, et je ferai tout pour lui redonner de la chaleur à son cœur. Je ne souhaite point devenir un homme grand, mais un homme à la hauteur de ses sentiments, de ses actes, de mon amour envers elle. Je ne vivrai que pour elle, je ne penserai qu'à elle, je ne respirerai que grâce à elle. Je ne rêve plus que d'elle, cette lumière unique, chose qui me permet de rester debout. Je ne souhaite encore pas être un homme grand, je ne souhaite que d'être bien plus qu'amant, je ne souhaite que d'être une lumière brillante qui parvient à mettre l'amour à genoux.

Tout mon amour envers elle me donne l'envie de lui dire; que je suis ébloui par sa beauté, par son charme et cette étrange magie, une princesse, une sublime rareté.

Lors d'un voyage j'avais rencontré certains couples, aucun ne peut faire ce que je ferai pour elle. Un des couples dans un restaurant se disait; - Pourquoi tu ne serais pas présent?
- C'est parce que je suis débordé de travail.
- La nuit tu l'es pas non plus.
- Je me repose, en pensant à notre avenir.
- Continuez à penser à son avenir, quel avenir, ton avenir se trouve face à

Toi.

•Tu ne peux point comprendre femme.

- Et tu ne peux point comprendre ce que c'est de vivre cette souffrance... homme.

- Je fais de mon mieux, je t'avais payé tout ce qu'un homme ne peut se procurer.

- L'amour n'a besoin d'argent, figure-toi.

- Mais les femmes ont besoin d'argent à ce qui paraît.

- Tu te trompes, je ne suis pas comme eux, je te veux toi, et je ne voudrai que toi rien d'autre.

- Aujourd'hui même je souhaiterai t'avouer que je suis avec une autre. Elle lui jette le verre sur le visage et elle lui dit; - Tu resteras à tout jamais en manque, ce manque qui te fera regretté ce que c'est de ne pas apprendre l'amour et sa magie.

Voilà un homme qui avait raté sous le nez le véritable amour, je ne serai point comme lui, je serai cet homme accroc et passionné par sa femme. Mon amour envers elle est mon essence de mon désir, la renaissance de mon sourire, elle ne sera qu'une princesse ou bien une sirène, un jour elle deviendra ma reine.

Chaque heure avec elle, en regardant ses yeux était une naissance à ses côtés. Mes pensées sont faites à présent que d'or et de cœur, tant que son prénom résonne dans ma tête, et son visage apparaît à chaque fois que je

Fais un rêve. Le jour viendra où je sentirai ses cheveux. En écrivant je respire ses yeux, je partage son souffle, seul j'encaisse ma solitude, mais avec elle je ne souffre, je ne cesse de devenir cet homme, ce fou.

Un soir, je me suis endormis près de mon ordinateur, à mon réveil il n'y avait plus rien juste une table et ma feuille. Je me suis vite assis; - qui es-tu, me dit la feuille.

- Je suis celui qui tracera ton chemin, je lui avais dit.

- Avec quoi tu vas le faire.

- Avec quelques mots qui décriront une charmante femme qui sans doute te fera rêver et sortir des ombres noirs de notre méchant tiroir.

- Es-tu sûr qu'elle pourra le faire ?

- Oui plus que sur.

- Raconte-moi alors, comment elle est faite.

J'ai commencé à parler puis soudain la feuille me dit; - Je ne comprends absolument rien de ce que tu dis, il faut écrire pour me faire comprendre.

C'est ainsi que j'ai pris mon stylo, j'ai commencé à lui dire comment et à quel point je suis heureux avec cette charmante femme, comment je la vois avec moi dans mes rêves les plus fous. Cette belle et magnifique princesse qui ressemble à ma belle feuille, je la décrivais comme la description de ma feuille, une feuille étoilée, divine beauté, à part ma feuille nul ne pourra la comparer.

Encore endormis en ayant le stylo dans ma main, je faisais ce rêve; où j'étais un naufragé, je cherchais mon chemin sur son corps. J'avais parcouru tout son corps, je suis allé partout, je n'ai rien laissé, soudainement, je me perds, je n'arrive plus à trouver mon chemin. Perdu dans un endroit lumineux, je nageais dans un grand fleuve de sang, un fleuve qui m'est paru adorable et désirable, ma feuille le décrirait par un seul mot; "adorable", mon cœur avait basculé et ma bouche a baragouiné, mais mes mots sur ma feuille sont sortis inconsciemment et plus efficacement pour cet endroit.

-Où suis-je donc, je disais tout haut, quel magnifique endroit, je me perds mais je ne veux point trouver mon chemin.

Des heures dans ce fleuve et j'entendis des voix, quelqu'un criait mon nom; " C'est moi qui êtes-vous ? Je disais tout haut.

Personne ne m'avait répondu. J'ai continué mon chemin sur ce fleuve et à ma droite j'avais vu une jeune petite fille qui pleurait; - qu'as-tu donc petite?

-Je n'ai rien, elle m'avait dit, je suis souriante, ne le vois-tu pas ?

Je ne voyais que ses larmes; - tu ne vois que la triste réalité, elle m'avait dit.

-Comment voir ton sourire, si je sais que tu es triste, les yeux ne mentent jamais, je lui avais dit.

- C'est parce que tu ressens la même chose, elle m'avait dit, on est pareil, j'ai perdu mon papa moi aussi.

- Alors, je lui avais dit, si je n'étais pas comme toi je ne verrai que ton sourire?

- Je crains que oui, elle m'eût dit.

- Alors je continuerai à être comme je suis, je lui avais dit, et je ferai tout mon possible, tout mon pouvoir pour sécher ces larmes.

D'autres larmes ont coulé sur son magnifique visage; - pourquoi... je lui avais dit, pourquoi pleures-tu encore ?

- Ces larmes ne sont pas des larmes de tristesse, elle m'avait dit,

ce ne sont que des larmes de joie.
- Tu es heureuse maintenant.
- Avec toi je le serai, elle m'avait dit.
Je me suis réveillé de ce rêve, ma
feuille était remplie de mots;" je
dormais en écrivain, je me suis dit,
ça m'est jamais arrivé".
J'ai pris ma feuille et j'ai lu ce qui
est écrit:" bien qu'on ne peut avoir
ce qu'on veut, mais on peut avoir ce
qu'on désire au plus profond de
nous, il suffit jute d'un regard pour
tout recommencer. Mon amour s'est
perdu dans ses yeux, ma
renaissance dans son cœur, en
voyant cette jeune femme si
chaleureuse, la femme de mon
cœur, la femme de tout mon
bonheur, elle était une jeune petite
fille sans espoir, sans vie, sans
souffle, elle est devenue celle que
j'espérais, celle que j'attendais. Dès
que je l'ai vu, je l'ai tout de suite su,
ma vie a basculé sur ses yeux, qui

un jour m'ont croisé...".
J'ai posé ma feuille, j'ai pris mon téléphone et je l'ai appelé; - ta voix me manque tant, je lui avais dit.
- La tienne aussi, me dit-elle, que fais-tu à cette heure?
- Je pense à toi, je lui avais dit, je pense à toi différemment, nul ne peut penser à toi comme je le fais-moi.
- Tu penses à moi à ta manière.
- Tu es toujours dans mes rêves, mon cœur ne peut t'oublier.
- Moi je ne peux t'oublier, tout ce qui appartient à mon âme ne peut t'oublier.
- Je crains que tu puisses un jour oublier que je t'aime.
- Jamais, elle m'avait dit, je ne l'oublierai jamais, et toi oublieras-tu que je t'aime ?
- Même si j'attraperai la maladie d'Alzheimer, je ne t'oublierai pas, le cœur et l'amour sont en couple, ton

cœur est rempli de magie et mon amour envers toi est rempli de rêve infini, des rêves d'éternité.

•Comment ne pas t'aimer, elle m'avait dit.

- En ne résistant pas à la cruauté qui nous réserve à l'avenir la vie.

- Même la vie ne me séparera pas de toi, elle m'avait dit.

- Je ne te quitterai jamais, je lui avais dit, même si en ce moment on pourrait transformer les fleurs d'été en fleurs de printemps.

- Divine couleur de tes mots qui m'assassinent, elle m'avait dit.

- En poète, tes yeux sont si clairs, tes larmes ont coulé mais ce n'était qu'hier.

- Je t'aime, elle m'avait dit.

- Moi aussi, même si je pense et repense à ce qui va arriver de pire, je t'aimerai toujours et avec toi je m'envolerais au paradis pour te faire encore une fois fleurir.

- Je viendrai avec toi sans hésitation, elle m'avait dit.

- Je te laisse maintenant avec les magnifiques étoiles du ciel.

- Je ne leur fais pas confiance, je ne veux que toi.

- Je te laisse juste pour une nuit, mon cœur te gardera, il est tout près de toi, il ne te laissera jamais.

- Avec toi cette nuit, j'ai envie de rire, elle m'avait dit, j'ai envie de leur dire.

- Leur dire quoi.

- Dire à tout le monde que je t'aime.

- Tandis que moi, j'ai envie de dire aux étoiles;" laissez- moi partir vers l'inconnu pour vous, à ses côtés pour une fois je sais où je vais, sur son fleuve vous en deviendriez fou...".

- Amour je suis bien dans tes bras, elle m'avait dit.

- Cœur je suis perdu ne me cherche pas, ne me montre plus mon chemin, là où je suis je me sens si bien, je lui avais dit.

J'ai jeté mon téléphone, j'ai sauté sur mon lit, j'ai mis mes mains sur mon visage, j'ai fermé les yeux et j'ai vu; ma cigarette, elle était allumée, je fumais. Cette cigarette n'était absolument pas dangereuse, elle me donnait du plaisir mais un jour pourrait-elle me tuer ?

- Pourquoi suis-je avec toi ?

- On est ensemble pour le meilleur mais pas pour le pire, me dit ma cigarette.

- Je ne veux pas de ça, je lui avais dit, je veux me mettre en relation avec celle qui ne me laissera pas et me nuira jamais.

- Trouve-là si tu as le courage.

- Je l'ai déjà trouvé, je lui avais dit.

- Alors pourquoi es-tu avec moi en ce moment.

- J'avais choisi la route du plaisir en oubliant le désir.

- Que veux-tu maintenant ?
- Le désir, je lui avais dit.
- Pars et ne reviens plus jamais, laisse-moi je trouverai un autre, l'être humain est si facile et vulnérable.
- Mais être armé d'amour on ne peut le vaincre, je lui avais dit.
- Tu commences à bien comprendre la vie, elle m'avait dit.
- Je serai avec cette charmante femme car, elle m'a soigné là où tu blesses.
•Je suis détresse, elle m'avait dit.
- Je m'en fous, je ne stresse pas, maintenant je te laisse.
- Enfin libérée, elle m'avait dit.
- J'ai choisi de vivre dans la noblesse, je lui avais dit, un jour je lui poserai la question; " bébé es-tu ma duchesse ?
Voyez-vous j'ai tellement cherché, maintenant j'ai trouvé la femme que je vais aimer pour l'éternité.

Je me réveil, je sors de ma maison, je rencontre ce vieil homme, à force de trop rêver je ne savais pas si j'étais dans la réalité ou dans un rêve; belle journée mon fils tu ne trouves pas.

- Oui, encore plus belle si je reverrai de celle que j'aime.

- Cherche là, trouve là, quitte les lieux avec elle et vas vivre ta vie, il m'avait dit.

- Je ne peux le faire car on doit tous respecter quelques traditions.

- Ni tradition, ni respect n'auront été à l'à hauteur de l'amour mon fils.

- Je ne sais toujours pas.

- Si tu as quelques nouveaux motifs de crainte, tu as raison, me dit-il.

- Non aucune crainte mon ami, je lui

avais dit. Je suis libre et riche dans le cœur, mais la vérité m'est pauvre; pourtant notre premier regard, je me suis aperçu que c'était une passion, et mon souvenir sera encore un véritable baume pour mon cœur.

- Écris alors mon fils.

- Quoi écrire, je ne peux la décrire, je lui avais dit.

- Sors ce que tu as au fond de ton cœur, elle est blanche comme ta feuille, t'auras l'occasion de tracer trois chemins; celui de ta feuille, ta princesse, et ton succès.

•Elle est noble comme la noblesse de ma feuille, je ne peux la salir.

- Ton ancre sur elle sera comme le sang qui coulera pour son cœur, tu seras un héros, même plus que ça, on te nommera le chevalier du grand fleuve.

- Quel fleuve ?

- Le fleuve que tu as tant rêvé, celui où t'aime ramer, ce fleuve deviendra ton océan et ta feuille à ce moment-là te protégera au lieu de la protéger.

- Je ne retiens pas mes larmes de chagrin, pleurant tant d'anciens chemins, je ne sais déjà si demain je tiendrais sa main.

- Continuez votre chemin ne t'arrête pas mon fils, il m'avait dit.

- Elle me rappelle mon histoire, son reflet je le vois dans tous les miroirs, je lui avais dit.

- Mais tu t'enfermes toujours dans ce couloir, il m'avait dit.

- Fais- moi fuir alors si je n'ai ce pouvoir.

- Quel pouvoir?

- Le pouvoir d'être avec elle, je lui avais dit.

•Tu le seras mon fils, sois armé de patience et de courage.

- Je ne sais si à l'avenir je deviendrai, riche ou pauvre.

- Continue ton chemin sur ce fleuve pour atteindre ton océan de bonheur.

- Je ne peux l'oublier, je ne sais que l'aimer, je lui avais dit.

- Peut-être même tu ne peux cesser de l'appeler, même si un jour elle sera occupée sachant qu'elle ne va pas décrocher.

- Tu trouves ça si banal, mais une minute rien qu'une minute d'absence me donne du mal.

- Retourne chez toi, fais ce rêve que t'aime faire, face à ta feuille, parle-lui, dis-lui ce que ton cœur renferme, et ce que ton avenir te réserve.

- Mon avenir me fait peur, j'ai si

froid, peur de la perdre à cause de lui, je suis figé dans ce temps, je ne peux plus vivre sans elle, si je passe un jour sans elle, c'est un jour qui a perdu tout son sens.
- T'entendre, le fait dire; qu'elle est la lune de tes nuits, pour toi le soleil se couche et ne se lève que pour elle.
- Je ne vois qu'elle, je lui avais dit, le monde n'existe pas, tout ce que je ferai est pour elle.
- Donner ton âme tu le feras?

•Oui sans hésitation.
- Quoi te dire de plus, il m'avait dit, que le bonheur soit avec toi.
- Que l'amour règne sur nous.
Je marchais en comptant les jours qui restera pour vivre avec elle, ça en faisait beaucoup, mais je dois attendre, je n'ai pas le choix, vivre

sans elle; c'est vivre sans cœur, vivre toute ma vie dans la peur, vivre sans âme sœur. En marchant je me suis dit;" si c'était un autre coup de mon imagination, si elle n'existait pas, si elle n'était pas vraie que ferais-je ? Je n'aurais aucune raison de continuer à vivre...".

La réalité est bien dure, on n'est toujours pas à la hauteur d'accepter ce qui est vrai, mais on ne peut faire autrement. On ne peut aussi tout effacer aussi facilement, on n'aura pas aussi beaucoup de temps, l'adieu on ne peut l'attendre ou le laisser, le bonheur on l'a tous beau cherché. Maintenant on sait tous quoi faire, ne jamais se retourner et ne jamais se taire, ne jamais oublier les moments du bonheur, et apprendre à avancer, envers l'amour; ne jamais abandonner.

Je m'en fous, je m'en fous de tout,

du monde qui tue mon cou. Je suis riche de ça, son cœur ne s'achète pas, je suis riche et pauvre dans une ville seule et anonyme. Criminel, je suis mort, tuer par son cœur, je ne vois ni témoin, ni personne, je marche seul en ayant la tête qui résonne. Lui promettre sans le dire, dans ce fleuve j'entends et je me fais séduire.

Dans ce fleuve je m'abandonne quand les autres me déraisonnent. Je marche dans la rue seul en pensant à elle, mon avenir sera sans doute trop compliqué que je ne pourrais vous l'expliquer. Je pose mon épaule droite sur un mur, la vie pour nous deux devient trop dure. Mon âme et mes pensées sont perdues dans l'obscurité de la nuit, mon océan voudrait tant ne plus souffrir, amoureuse de mon cœur mais triste pour notre vie, elle a du courage pour la vivre. Quand est-ce que j'illuminerai à nouveau de cette joie de vivre, qu'autrefois elle ressentait?

Perdu en pensant à notre avenir, terrifier sans même trouver un refuge, j'avais fait la rencontre d'une jeune petite fille; - que fais-tu dans ce froid-là, me dit-elle.

- C'est à moi de te poser cette question jeune fille.

- J'ouvre la porte à ceux qui veulent me suivre et me faire confiance, me dit-elle.

- Qui es-tu alors, le bonheur?

- Non, elle m'avait dit, mais le bonheur se trouve derrière ma porte je lui ai déjà donné refuge.

- Je ne vois toujours pas qui tu es jeune fille.

- Cherche bien, me dit-elle, cherche au plus profond de ton cœur et tu me connaîtras et tu te diras quelle lumière! Souffrance et obscurité seront maintenant sous terre.

J'ai regardé ses yeux, elle avait les mêmes yeux de ce fleuve et de cet océan dont j'étais tombé amoureux;
- Je sais qui tu es, je lui avais dit, tu es mon amour.
- Je suis le grand amour, elle m'avait dit.
- Mais tu sembles être si petite, si jeune, je ne peux continuer à te suivre.
- Laisserais-tu celle que tu aimes?
- Non, jamais.
- Figures-toi que c'est grâce à moi que vous êtes amoureux, elle m'avait dit.
- C'est grâce à une si petite jeune fille.
- Oui, me dit-elle, tu sais les petites futilités font les grands moments.
- Je pense que je devrais te faire confiance, je lui avais dit.

- Tu n'as pas le choix, elle m'avait dit, tu risques de perdre celle que tu aimes.

J'avais suivi la jeune petite fille, elle m'avait ouvert une porte et m'a dit;" ferme les yeux maintenant" J'avais fermé mes yeux, quelques secondes je fus éveillé par un tapage épouvantable qu'on faisait presque à la chambre où j'étais, à peine j'ouvris mes yeux, je me suis aperçu que j'étais dans une chambre d'hôtel, je sors de mon lit et j'ouvre la porte pour voir ce que c'est.

Je vois une bande d'agents à la porte d'entrée et un homme de bonne mine. Je demande à un agent de quoi il s'agissait. " Ce monsieur, me répond, cherche une femme, qui apparemment est sa cousine ".Je ferme la porte et je retourne à ma chambre, je vois alors dans un coin de la chambre où j'étais, un sabre et un habit d'une jeune femme. Je me posais la question. " C'est à qui tous ses vêtements? ". Tout étonné j'entends une voix qui sortait du balcon de ma chambre; " Chéri c'était qui ? " j'avançais petit à petit. Elle était là avec moi, celle que j'aime tant, celle qui m'a rendu ma liberté, celle que je la nomme océan de mon jasmin, celle qui était mon cœur, ma vie et ma liberté. " Que fais-tu ici, je lui avais demandé". Elle m'a regardée avec ses beaux yeux et m'a dit; " et toi que fais-tu ici?

•Je ne sais même pas comment je suis arrivé ici.

- Tu te souviens pas on s'était barré; elle m'avait dit.

- Pourquoi.

- On voulait enfin vivre ensemble, et oublier tous ces interdits de notre société.

- Mais je ne peux te faire ça, je lui avais dit, et ta famille, ils sont en train de te chercher partout, ce n'est pas ton cousin qui fait tout ce tapage?

- Je crains que oui, mais je ne veux vivre qu'avec toi, elle m'avait dit, ton rêve s'est enfin réalisé mon cœur.

- Réaliser mon rêve et te faire du mal à toi et à ta famille, je n'appellerai pas ça un rêve mais un cauchemar.

- Oublie que j'ai une famille, c'est toi ma famille.

-Je ne peux te faire ça, je lui avais dit, je t'aime tellement pour te faire ce genre de chose.

- Où est passé donc mon beau et magnifique poète rebelle.

- Il est là avec toi, mais cet homme ne te veut pas du mal.

- Est-ce mal d'aimer, elle m'avait dit.

- Non, et je n'ai jamais dit ça.

- Est-ce mal d'être avec celui qu'on aime?

" Je ne comprends plus rien à ce qui m'arrive, je me suis dit". J'ouvre la porte d'entrée de ma chambre et je demande à l'homme de me donner sa carte d'identité, j'ai regardé son nom; c'était bien lui, son cousin, je lui ai remis sa carte et j'ai fermé la porte.

-Je crois que je fais un autre rêve, je me suis dit tout haut.

- Oh que non, tu es bien dans la réalité, elle m'avait dit.

- Je me disais autrefois que les rêves dictaient les textes de ma destinée, je crains que je sois dans un rêve qui s'est réalisé.

- Tu n'es pas heureux alors.

- Si je le suis, mais je ne veux pas que les choses se passent comme ça.

- Accepte ce qui est vrai, on est

ensemble et c'est ce qui est important.

En pensant quelques secondes, j'avais réalisé qu'elle avait raison, elle avait toujours raison. Maintenant pour une fois la vie dicte mes textes que j'écrivais, les erreurs et la blancheur de ma feuille ne font pas leurs apparitions. L'heure était à la correction, c'était à mon tour de donner à la vie une leçon. Un certain moment j'étais heureux, heureux d'être avec elle, heureux de la voir tout près de moi, heureux de voir et de me noyer dans ses magnifiques yeux. Qu'il est doux et paisible, de s'asseoir tout près d'elle, à l'ombre de notre chère chambre, l'odeur de ses mots me rend le soleil de cette enfance qui m'était noir et sombre, les souvenirs partent à présent avec le vent de ce moment. Sa chaleur, sa bise, lève le soleil deux fois le matin, grâce à elle j'ai revu l'image de mon père avec ses inventions, ma mère avec ses bouquins, ma sœur avec son sourire radieux. Avec son câlin, je voyais qu'on était tous ensemble dans cette chambre et elle était avec nous. Son père riait avec le mien, sa maman parlait à ma mère cuisine, et elle me regardait avec ses yeux en parlant à ma sœur.

- Tu as tant rêvé de ce câlin, me dit-elle.

- Oui, je lui avais dit, ce n'était que dans mes rêves les plus fous.

- Debout et laisse- moi faire.

Elle m'embrasse avec un doux petit baiser; embrasser son plaisir et mes rimes ont le désir de danser, refuser ça risquait de me rendre malade, j'écrirai donc tous mes vers en disant; je fais un travail de romain, l'idée d'écrire m'avait été accordée, je vous dirai un jour qu'elle s'est évadée, évadée avec son soupir et mon cœur parfumé. Pardonnez-moi de tout ce que j'ai fait, je suis amoureux et ça restera des faits, rien que des faits avec cette sublime fée.

- Parle-moi, me dit-elle.

- Je vais te parler en poète, je lui avais dit, ton amour est ma lumière et mon rayon du jour.

- Continue, elle me dit.

- Tu as illuminé ma vie pour ça je le dis et je le redis, toi et moi on avance petit à petit, en espérant un jour construire notre propre nid, on vit une aventure extraordinaire qui sort de notre tête qui n'est pas ordinaire.

Je la caresse et elle me dit; " viens que je t'en lasse dans ma tendresse si douce que cette petite caresse".

Plaisir innocent, inconscient même divertissement pour nos deux corps qui s'aiment au fil du temps, nos corps entraînant nos cœurs dans une danse de bonheur et sans malheurs.

Je ne pouvais la laisser repartir à présent, je profitais de l'instant, j'avais tant rêvé d'être avec elle, vivre avec elle pleinement l'instant présent, riant bonheur permanent, j'avais saisi son image fermement. Un moment avec elle et j'avais oublié mes erreurs que j'avais pu faire autrefois, je me suis dit;

qu'avec elle je ne risquerai pas de voir ma vie se transformer peu à peu en enfer. Je n'anticipais même pas mon avenir, avec elle je fermais mes yeux et j'oubliais la question que je me posais tant ; " que vais-je devenir ? ". J'avançais avec elle au jour le jour, je ne faisais aucun détour, je l'ai tenue et je vais la prendre comme elle est venue. Je tenais à mes rêves tout en ignorant de quoi demain sera fait, je ne m'en souciais pas, puisque ma destinée avec ma princesse est d'ores et déjà tracée.

Le lendemain je me suis aperçu que j'étais à Venise, la ville des amoureux, je n'y croyais pas. Mon rêve était d'être avec elle à Venise, cette ville qui me rendait la vie, qui me rendait aussi les mots et de ce qui me revenait de mon inspiration. Une averse d'été fait chanter le canal où j'étais, besoin de Venise,

Venise qui ne bouge pas, et qui a la couleur du rouge. Sa lune ne s'efface, cette ville couvre mon front qui passe, nuage étoilé, ma princesse demi-volée, elle n'était rien qu'à moi et seulement pour moi.

- Regarde où nous sommes beauté, je lui avais dit.
- Regarde avec qui je suis, elle m'avait dit.

•Tu es avec celui qui te suit.
- Je suis avec celui qui me construit.

- Un seul être ne peut point construire, la construction se fait à deux.
- Rien que toi et moi, elle m'avait dit.

En marchant, un moment je lui dis; " regarde trésor ce canal, à tes yeux il paraît bien banal, mais pour ton cœur avec lui je lui donnerai un coup et il sera fatal..."

- Avec toi rien n'est banal, elle me dit, tout est merveilleux, tout est magique, tout est sublime.

- J'ai tant rêvé d'être avec toi dans cet endroit, me coucher avec toi sur la soie... Maintenant je suis un roi.

- Je suis ta reine.

- Tu m'appartiens à présent, tu es la mienne.

Un endroit plein de poésie, l'atmosphère de simplicité, de gentillesse et d'harmonie qui règne de nos cœurs. Cet endroit qui m'était pour moi depuis tout petit légendaire, au bord face à nous, les chevaliers se sont assis tandis que moi je les regarde encore, cet endroit rempli de poésie, de senteurs volées aux quatre coins du monde, de couleurs vives ou discrètes, de formes originales, sobres ou épurées. Avec celle que j'aime je tremble au vent, où sont

donc ce désert et ce sable mouvant.
On était en Italie avec notre grain
de folie, dans cet endroit qui ne
peut garder son amour et ses plus
beaux jours?

Maintenant on est dans ce
restaurant, ce genre de restaurant
simple. Je me souviens que ma
première fois c'était dans mon pays
avec mes parents, je me souviens
pas trop car je n'aimais pas trop ça.
Maintenant c'est à Venise que ça se
passe, un dîner romantique, la note
n'était absolument pas salé que
l'Atlantique, ma prochaine fois avec
elle ça sera dans un restaurant
chinois et je mangerai le chien,
personne ne me demandera
pourquoi. Je serai libre comme mes
vers qui n'obéissent pas à une
structure régulière, ni mètre, ni rime,
ni strophe ne seront à la hauteur de

mes vers, à ce moment-là je boirai mes mots avec un verre de couleur noire et vert. Je parlerai en poète libre avec des poèmes libres, je ne ferai aucun retour à la ligne, mes poèmes libres, je ferai de la poésie libre. Je parlerai avec ma princesse de tout et de rien, je parlerai d'amitié, de liberté, amour, cœur et bravoure.

- On est dans un petit nuage toi et moi, me dit-elle.
- En tout cas on est loin d'être dans une cage.
- La prochaine fois toi et moi on sera dans une plage.
- J'ai hâte, je lui avais dit, je deviens ce petit enfant sage.
- Et ben toi alors, me dit-elle en riant.
- moi quoi ?
- Rien à part je n'aime que toi.

•Moi aussi, je lui avais dit, avec toi je ne connais aucune loi.
- On vit dans les bois.
- Je te construirai avec mes propres mains ton propre bois.
- J'aime les bois, mais je t'aime plus...toi.
- Alors je suis à toi.
Je sentais que j'étais encore dans ce fleuve, un fleuve qui existait que dans son cœur. Un vieux fleuve, un fleuve immense dont mon âme a cessé d'être vivante. Je sens courir mes veines, par les vertes du fleuve plaines avec le sang qui mit sa pourpre aux veines. Je sens son corps, son âme, je suis parmi ses habitants de divines sources, ses habitants qui ne pourront jamais décroître ni trahir. Dans ce fleuve, dans son cœur; je suis calme, tranquille, sûr de ne jamais mourir.
- Pourquoi fermes-tu tes yeux, elle

me dit.
- Je sens ton cœur battre de loin.
- Tu arrives à le sentir de loin.
- Oui ma belle princesse, je lui dis.
- Moi, elle me dit, j'arrive à te voir de loin.
- Je vois ce que tu vois.
- Tu es dans mon fleuve qu'un jour deviendra ton océan, ce jour-là tu seras comme ce vieux galant avec de magnifiques cheveux blancs, elle me dit.

•Comme un long souvenir, je disais, j'aime au-dessous tout ton cœur qui déborde de tendresse et de sagesse.
- Tu commences à comprendre cet amour, elle me dit, agir avec désir, ton âme je la ressens, je te comprends, des fois on peut être troublé sans pouvoir nommer.
- J'inventerais des noms.

- Alors tu mens...
- Non, je dis tout haut, je parlerai de tout et de rien, je te prononcerai de jolis mots fins, même si je ne trouverai le moyen, sans moyens mieux qu'à défaut d'agir sans rien.
- Ce que tu me dis est bien, elle me dit, mais...
- Mais rien.
- Grâce à toi je n'ai tout sauf rien.
- Et moi j'ai toi et rien et si j'en avais, je te donnerai tous mes biens.
- Je n'ai absolument pas besoin, je te veux toi et ton câlin dans ton coin.
- Pour moi une chose est certaine et sure, il me semblerait, on envie ceux-ci, on veut cela, mais celle qu'on aime en vrai, on l'a désir et on commence à vivre dans un grand délire, on délire même au-delà.
- Voilà, elle me dit, on se cache juste si près.

-Sans rage, au nom de notre amour, j'ai le courage, la foi et l'espoir. Je me demande encore si je suis dans un rêve, si je délire encore une fois.
- Non je ne le pense pas, elle me dit, même si c'était le cas, un jour où l'autre on finira par vivre ensemble.
- Et comment ?
- Tu te souviens, elle me dit, on a signé un contrat toi et moi.
- De quelle durée ?
- Un contrat pour l'éternité, on doit le respecter.
- Oui... Je m'en souviens.
On a marché ensemble jusqu'à la porte de notre chambre et je lui ai dit; " tu sais mon cœur, rêver; c'est comme cet amour sous les étoiles, on est ensemble sur une petite montagne, le monde nous cherche, mais il nous appartient, j'ai ouvert mon cœur à cette magnifique fleur. Souvent la nuit je repense à ton

sourire, et les étoiles me disent qu'ils sont en manque de ton sourire si doux comme un voile. C'est ainsi que maintenant je t'embrasse sur ton doux cou". Je me penche et je l'embrasse.

- Voilà ce que je nomme de si beau, couché sur mon dos, ce sentiment si beau, si calme que je n'arrive à trouver de mots. Me dit-elle.

Je me réveille, j'étais toujours en train de rêver, j'étais toujours face à ma feuille, je rêvais tout en écrivant. Je n'avais plus le contrôle de ma main, mon stylo ne voulait plus la quitter, et ma main ne voulait pas lâcher mon stylo. Un moment je me suis aperçu que j'avais fait naitre une grande histoire d'amour entre ma main et mon stylo, ma feuille devenait leur raison d'exister, devenait cet amour qui renaissait petit à petit, ma feuille devenait un océan, je dirai même un cœur.

Tout comme mon histoire d'amour, ce n'était pas à moi d'être la raison de leur séparation, je comprenais ce qu'ils vivaient, je comprenais leur amour, leur vie et leur histoire, c'est ainsi que j'ai voulu me sacrifier pour rien que voir grandir cet amour. D'un autre côté, j'étais jaloux, ils avaient trouvé le moyen d'être ensemble, mais moi j'attends toujours. N'empêche je devais aider, qui sait un jour la chance me tournera et je serai moi aussi comme eux, et eux deviendront ma raison de faire grandir mon amour envers celle que j'aime, je serai tout comme eux, heureux à tout jamais, pour l'éternité. Notre amour est sans fin, car mes sentiments seront ancrés à tout jamais sur cette vaste terre.

- Bravo, vous êtes malins, je disais
tout haut, je vous félicite, vous avez
trouvé le moyen.
Mon stylo regardait ma feuille
tendrement, il était en admiration de
sa blancheur, il voulait
impérativement remplir cette
blancheur qui restait. Le vent dans
ma chambre faisait son apparition,
mes feuilles toutes envolées, mon
stylo tremblait, il avait peur, et ma
main frissonnait;"
Cherche ton cœur très chère main,
laisse pas ton cœur s'envoler, je
disais tout haut" J'avais ramassé
toutes mes feuilles, je les ai posées
sur ma table, c'est alors que mon
cœur commençait à battre très fort,
c'était mon tour d'avoir peur, je
tremblais de partout, c'est alors que
je me suis dit; " la main et le stylo
d'un autre écrivain le suivent dans
son parcoure, moi ce n'est pas
pareil, moi je suis le parcoure de ma

main et de mon stylo pour enfin ouvrir la porte qui me mène à mon océan, ma princesse m'a ouvert la porte de son cœur, je suis dans son fleuve, maintenant c'est à moi d'ouvrir dans ce fleuve la porte de mon océan, et me laisser me noyer sans jamais vouloir trouver mon chemin, je me noierai éternellement, quand je partirai je ne reviendrai plus jamais ...".

J'ai pris mon téléphone et je l'ai appelé; -Bonsoir magnifique princesse.

- Bonsoir mon cœur ... Il se passe quoi ?

- Rien mon cœur ne t'inquiète surtout pas.

- Pourquoi me contacter alors à cette heure?

- Rien qu'entendre ta magnifique voix, pardonne-moi si je te dérange.

- Non tu ne me déranges jamais...

•Tu me rends dingue, tu me rends fou, tu sais un vieil ami m'avait dit que j'étais depuis que je suis tombé amoureux de toi, dingue, je te vois partout, je ne vois que toi, je ne vois que ton amour, je ne vois plus de tragédies, ni de démons, je ne vois que cet océan que j'ai tant l'envie d'y passer tout mon temps. On me surprend à toujours parler tout seul, tu sais avec qui je parle ?

-Non.
- Avec toi bébé ... avec toi. Que serait-il le monde sans amour, que serait-il le monde sans toi, dis-moi.
- Je ne peux trouver de réponse.
- Il ne serait rien, il sera vide et cruel, noir et sombre.
- Pour toi mon amour il sera comme ça, mais pour les autres il sera comme il l'est maintenant.
- Pour le monde entier il sera comme ça, grâce à toi je rêve, je

respire et tout ce qui est présent dans ce monde, commence à connaître ce que c'est l'amour.
- D'accord...
- L'amour pour moi; est un sentiment inexplicable, personne peut trouver de mots exacts pour le définir. Je deviens fou...
- J'avoue...
- Ce n'est pas grave, l'important c'est qu'on s'aime, ton prénom résonne dans ma tête, tu me laisses ivre avec cet amour éternel que tu veux faire vivre.
- J'aime entendre tes mots mon cœur.
- Avec ton sourire, j'ai appris à découvrir, à courir et t'aimer librement et pour toujours.

•Continu trésor.
- Je plonge sur ton cœur, pour trouver mon océan du bonheur,

bonheur intense et plaisir, un amour sans jamais une fois te mentir.
- Ne t'arrête surtout pas...
- Quand je t'entends le temps se suspend, et quand tu me sens, je deviens envahi de sentiments.
- Viens-je t'ouvre la porte qui mène à l'océan, dors bien à ton réveil demain tu seras avec ton océan.
Je me suis allongé sur mon lit, c'est là que j'avais fait le grand voyage, que je nomme;" le voyage au cœur d'un cœur".
Je me réveille dans l'obscurité, je devinais l'aube. Quand je suis sorti de ma chambre, j'avais remarqué que je n'étais point à la maison, j'étais dans une baraque au bord de la mer, en me retournant j'avais vu une barque avec mon nom écrit dessus. C'était la mienne, maintenant je monte et je commence à ramer, je gagnais dans le noir la sortie d'un port ou

ma barque se situe. Il y avait d'autres barques, venues de partout, qui se dirigeaient de même vers le large. J'entendais le bruit des avirons qui frappaient fort et repoussaient l'eau, mais je ne voyais rien car la lune était descendue derrière les collines. Passées les limites du port, moi et les autres on se dispersa et chacun se dirigea vers le coin d'océan où il espérait trouver son bonheur.

Moi je savais que j'irai très loin, je laissais derrière moi l'odeur de la terre, chaque coup de rame me donner l'odeur pure et matinale de cet océan. Dans l'eau je voyais des algues phosphorescentes, en ramant j'entendais les vibrations des poissons volants qui jaillissaient de l'eau, j'étais totalement en admiration, pour ma première fois l'océan devenait pour moi tout une passion. Les hirondelles de mer avec leur sombre plumage, si délicates volent et font un bruit qui m'était étrange; les hirondelles ont leur façon de s'exprimer, je pensais, donc ils ont la vie plus dure que nous tous. Des petites bêtes fragiles, mais l'océan était pour eux tellement brutal.

Je ramais toujours et cela me demandait aucun effort, car je savais où trouver la direction qui me mènera à mon bonheur, j'avais laissé derrière moi plusieurs pêcheurs qui voulaient pêcher le bonheur. Je savais que l'océan ne pourra les accepter, il m'est fidèle, il me trompera jamais. Je gardais bien ma vitesse, je ramais sans cesse, la surface de l'océan m'était pour moi et rien que pour moi seul; lisse et tendre, j'avais juste un petit problème avec quelques rides qui étaient produites par le courant un peu souvent. Je me suis arrêté pour fumer ma cigarette, c'est ainsi que je me suis aperçu que j'avais parcouru plus de chemin que je ne l'avais espéré. Le courant me portait, et moi je songeais à ce voyage que j'avais fait, sur mon magnifique fleuve, maintenant je suis dans l'océan, et je voudrais partir très loin pour qu'on me retrouve jamais, pour enfin mourir et me noyer.

Je ramais sur cet océan de tendresse, sur cet océan de réconfort et d'espérance; Oh magnifique cœur, magnifique océan, belle princesse, je viens à toi, je dors seul dans ma chambre, et dans mes rêves les plus profonds, au fond de ton cœur, seulement vers toi que je me confie, je disais tout haut. Vers toi je songe à mon père, une vague me frappe et je continue à dire tout haut; vers toi je me confie, je confie toute ma souffrance, je songe à mon père et au tien, entoure-moi de ta grâce, de ton amour et de ta tendresse, sèche tes larmes et laisse-moi te rejoindre, je te consolerai, belle tendresse et Océan d'amour et de rêves d'éternité.

Il faisait jour maintenant, d'une minute à l'autre, le soleil allait apparaître. J'avais aperçu les autres barques, au ras de l'eau, pas bien loin de la cote, le soleil avait pris de la force, ses rayons incendièrent mon océan. L'océan devenait lumière, pour les autres il faisait encore nuit, mais pour moi le jour s'était levé. Le jour se lève enfin. Je pense tout le temps à toi, je disais tout haut, ton image me sort de ma souffrance, ton visage m'emporte dans un doux voyage, mon corps s'étire à ta première lueur, tout en sentant le battement de mon cœur.

L'océan avait agité tout mon être dans un grand bonheur, j'étais toujours derrière un grand brouillard, mais l'océan ensorcelle mon âme sans aucun fard. En ramant je sentais son air radieux, ses yeux merveilleux et sa danse qui faisait tournée ma tête en balance. En ramant j'avais remarqué que j'ai de la chance. Le jour se lève et je dis tout haut; " La poésie me vient à l'esprit, chaque coup de rame sera un tendre vers de poésie, aucune des autres barques ne seront servies, je suis le seul et le reste n'existe pas.

C'est fou combien tu es aimée, tu es appréciée par tout le monde, mais avec moi c'est un amour d'éternité, je ne te quitterai jamais. Je me regarde dans un miroir, cela me faisait très mal aux yeux, je ramais d'une seule main tout en détournant ma tête. Le soleil

montait depuis deux heures, et je n'avais plus mal aux yeux quand je me regardais encore une fois dans ce miroir, ça m'arrivait de regarder aussi l'horizon; derrière moi il reste que trois barques en vue, ils ne peuvent pas aller plus loin, je me disais, n'empêche, ils sont toujours là ils sont toujours encore solides, ils ne peuvent trouver le bonheur, car l'océan a déjà trouvé son propre bonheur. Face à moi il y avait cet aigle qui représentait l'amour, cet aigle noir aux longues ailes, cet aigle que je rêvais de voir tant autrefois, même dans cet océan il traçait toujours des cercles dans le ciel. Il fonça encore une fois brusquement vers moi et me dit; ne fais pas la même faute que moi.
- Je ne comprends pas, je lui avais dit.
- Regarde- moi, regarde ce que je vais faire.

L'aigle se porte sur ses ailes et commença à tourner en rond.

- Je ne tourne pas en rond, je lui avais dit tout haut, tu me connais absolument pas pour me juger. L'aigle continuait à tracer ses cercles, il ne me disait rien.

- Tu ne finiras jamais de chercher toi.

- Oh que si...j'ai fini, il m'a dit, c'est toi... je t'ai repéré. Il fonça brusquement vers ma barque, il me jeta un petit poisson qu'il avait pêché selon les régules de la pêche, puis recommença à planer et à tourner en faisant des ronds.

- Les poissons n'ont pas de chance avec toi, je lui avais dit, mais sache que maintenant ils sont à moi, ils m'appartiennent. J'ai pris le poisson et je l'ai jeté dans l'océan.

- Belle action, me dit l'aigle. Les nuages s'étaient mis à ressembler à des montagnes, je voyais plus de terre, l'océan était devenue d'un bleu sombre, si sombre qu'il paraissait pour moi rouge et lumineux comme le fleuve où j'étais avant d'ouvrir la porte qui m'avait menée dans ces lieux. Le soleil était assez haut et ces clartés étranges dans la mer qui présageait du beau temps. On dit qu'après la pluie c'est le beau temps. Le beau temps reviendra, enfin si je serai pour cet océan toujours aussi bien. Je ne me prends plus la tête, au contraire il faut que je fasse la fête, je souris et je ris, car l'océan me faisait profiter de la vie. Grâce à ce temps, je me dirai; je suis heureux à présent. De ma chérie, je profiterai de la vie. L'océan à présent est mon destin, il était enfin temps, d'être mieux qu'avant. L'homme marche souvent dans les nuages, mais moi je ramais sur cet océan, j'avais la sensation de voyager dans le ciel.

De loin je voyais des chiens, de près ce n'était qu'illusion, ce n'était rien. J'avance et je vois le cœur de cet océan, c'était beau et son goût était bon. L'océan devenait ma poésie lunaire, la lune observait tous mes gestes, du haut des célestes. Je ne plonge plus dans mes pensées obsédantes, mystérieuses et intrigantes. La lune était la reine de la nuit et du jour, le soleil était tout près d'elle et les étoiles tombaient amoureux des nuages et du jour, et le monde devenait;" Paix et Amour".

Je rame sans cesse, mon corps s'enflamme, je rame à contre-courant, le courant de mon passé me dérange la vue. Je rame et je lutte contre toutes ces vagues, j'entends mon cœur battre en seconde. Un moment je m'affaiblis; " ce n'est pas le moment de baisser les bras grand écrivain, continue, l'océan a besoin de toi, je me disais tout haut...". En regardant le large j'avais peur, l'avenir me réserve sans doute pleins de douleurs, mais je suis là, je rame encore une fois, mes bras me faisaient mal; " je me lèverai de ce rêve quand j'avancerai, je me disais que mon rêve sera exaucé, même s'il sera à moitié, j'ai toujours voulu agir, pour défendre cet océan, pour que le destin incite à réfléchir. Je ramais en voulant démontrer que je pouvais y arriver, car sur mon cœur il y avait de la volonté. Je n'avançais pas assez vite, je le savais mais il y avait tant d'actions à mener, j'avançais et pour le peu que je faisais, je voyais quand même des choses changer. Tout ce rêve je le faisais pas pour rien, l'océan me hantait l'esprit, vers un autre monde inhumain, avec lui je tracerai mon chemin.

Un moment à ramer, puis je me penche pour regarder quelques poissons. C'était des gros poissons, j'admirais leurs sauts, j'admirais quand ils flottaient dans l'eau. En me penchant un peu plus, un gros poisson sort de l'eau, m'attrape et me conduit vers un tourbillon noir qui était un peu plus loin de ma barque. J'avais peur, je ne retenais plus ma respiration, l'océan devenait dangereux pour moi, je ne le croyais pas. L'océan était le paradis et maintenant devient très dangereux. J'étendais l'Aigle qui me parlait.

" Ce n'est pas l'océan, c'est tes pensées noires qui te pourchassent encore une fois, débarrasse-toi d'eux, tu risques de décevoir ton océan". Si seulement je savais comment m'y prendre, je n'arrivais pas à bouger, je ne voyais plus rien, j'entendais une autre voix; " Mon fils... Mon fils... " C'était mon père; " fais ce que tu as à faire... ne laisse pas ton rêve."

Souvent un rêve est compliqué, on se dit souvent qu'on s'en sortira jamais, qu'on voudrait tout abandonner, mais qu'il faut essayer de résister. Pour gagner la confiance de cet océan surtout dans mon rêve; c'est chacun pour soi, soit tu vis, soit tu te bas, si c'était pour un autre il voudrait déjà tout quitter, laisser tomber, sauf que moi à ce rêve je voudrais m'accrocher. La rage au cœur, pour ma bien-aimée je lutterai contre le désespoir, je n'ai jamais voulu abandonner, ni tout laisser couler. Pour elle je me battrai avec la férocité d'un lion.

Je rêvais souvent d'elle et de son océan. Dans la réalité avec le temps, elle était devenue mon plus beau poème. Si un jour je me sentirai seul j'ouvrirai mon cœur et je penserai à elle, si un jour je me croirai seul, je n'oublierai jamais que son océan est toujours avec moi et si un jour je serai loin de ses yeux comme je le suis maintenant, je me dirai que je ne suis pas si loin de son cœur. Cette jeune femme je la désir plus que tout, je ne lui donnerai rien en routeur à part tout mon amour. Ces nuits ; c'est encore à elle que j'ai rêvée, c'est claire que je ne suis pas prêt de l'oublier, elle est ma passion, ma poésie éternelle dont ma vie a changé. Elle m'avait laissé entrer dans une porte secrète, et je pense qu'aucun de nous ne le regrette.

Chaque fois que je pense où je rêve d'elle je trombe, j'espère que je continuerai ce chemin ensemble, car je ne peux m'empêcher de la détester. Je pense à toutes ces nuits où profondément je l'aimais, pour elle je serai le bon, sans limites et sans façon. Quand on parlait c'était d'immenses éclats de rires, ça me faisait tant plaisir. Dans la réalité notre histoire n'a jamais été désastreuse ni malheureuse par contre merveilleuse, son regard qui déchirait, son cœur qui me massacrait, son sourire qui me faisait rire pour tout le reste de ma journée. Sachez qu'il est impossible d'oublier les moments passer; de la première fois où on s'est rencontré à la fois où nos regards ce sont croiser. C'est dans ces moments que j'aimerais qu'elle soit dans mes bras, c'est dans ces moment-là que j'aimerais entendre son cœur et cet océan qui bat, c'est dans ces moment-là que je voudrais qu'elle soit tout près de moi. Loin d'elle je m'ennuie et j'en ai des difficultés à dormir la nuit. Rien ne sera terminé tant que nos bougies sont allumées, la mienne ne peut être consommée car elle est éternelle, tout est encore de mon pouvoir car je détiens la plume et mes feuilles du soir.

Laissez-moi, je ne veux pas l'oublier, je veux la prendre et en finir, je veux partager et reprendre nos choses en main. Reprendre ce qui est à nous, et même ce qui est à vous, car vous laissez, vous délaissez, vous aimez laisser les choses, vous ne savez ni quoi faire ni où aller. Je ne veux lui dire au revoir, ou bien laisser son cœur et cet océan pour plus tard, je ne peux voir ses larmes de ses yeux couler, j'aime toujours ses paroles et son regard.

Je ne peux l'abandonner et je sais que ses larmes ont trop coulé, elle a souffert et elle connaît tout comme moi ce goût de souvenir amer. Si un jour on m'avait dit que je rencontrerai un jour une princesse, aussi attentive, gracieuse et sincère qu'elle, c'est si beau que je n'y croirai pas. Mon histoire, mes rêves ne sont qu'une encre sur du papier, par l'intermédiaire de mes quelques vers qui feront de ma feuille; un papier indéchirable, et à la fin de mes mots j'écrirai; " Je t'aime et sache que je ne veux te faire pleurer ni te faire du mal."

Un jour un sage homme du nom de Mohamed Cherif m'avait dit: - la vie nous fait penser qu'a nous-même.

Je l'avais regardé tout en voulant lui dire: - je ne pense qu'à elle.

-Prends garde, il m'avait dit, car la vie peut nous faire détruire.

- Si c'est le cas je m'encombrerai dans nos souvenirs et ces moments merveilleux avec elle. Je voulais lui dire.

- Tu deviendras quoi mon petit frère.

- Je deviendrais écrivain et avec elle je prendrai mon bain tout en lisant elle et moi notre magnifique bouquin, je lui avais dit.
- Reprends en main ton histoire et laisse faire le temps, laisse faire les choses, il m'avait dit.
- Tu as raison, je lui avais dit.

Avec elle j'ai trouvé la paix, ma douce poésie dont je recherche. Si pleine de joie et de sérénité, celle que je veux pour l'éternité. Amour et paix meilleurs que toutes guerres, précieuse pour l'humanité. Je préfère vivre avec elle dans la paix et heureux que d'être soucieux et malheureux. Mon démon avait quitté ce monde, oh Princesse source de tous bien dans ce monde, elle était là pour enrichir ma terre, oublier mes images de la guerre, me délivrent ces magnifiques mots, ce beau séjour. Un séjour qui coure d'un pas léger. D'un océan tremblant avec courage qui ne fait jamais semblant, je m'endorme dans son emballage.

- Tu me manques, je lui avais dit.
- Tu me manques aussi.
- J'ai tant envie d'être avec toi, de te mettre dans mes bras.
- J'en ai envie moi aussi, elle me disait.
- La vie est si belle avec toi, je lui avais dit, pas de guerres, pas de mensonges, seuls nos mots qui changent.
- Tu es avec moi dans les rues et ma maison, j'aime cueillir tes fleurs d'amour.
- Moi j'aime te parler et traîner dans ton champ couleur d'oliviers et d'ambre. Je lui avais dit.

Persisté à semer ses graines d'amour et de paix contre toute violence et guerre comme les étoiles qui dansent dans le noir de la nuit et le noir qui habitait mon cœur auparavant.

Imaginez avec moi, chaque baiser d'elle à l'avenir ferait un pas contre ma brutalité, chaque sourire venant d'elle serait un pas contre mon monde qui est dangereux. Quelle misère, avec elle j'ai appris que c'est si populaire de faire la guerre, de vivre dans la brutalité que de refaire sa vie dans la lumière. Elle est ma lumière, mon chemin, ma destinée. Nous sommes les étoiles du même ciel, humain cherchant le bonheur, l'amour, la fraternité, la paix; je les ai appris grâce à elle. Je deviens maintenant une goutte d'eau de son océan, je deviens poisson ou comme cet aigle que je voyais tout le temps dans mes rêves. Je crois aux mots d'amour pour illuminer ses jours, je crois en moi pour briser nos lois. Au début, elle était un petit bout de femme qui vivait dans un monde cruel avec son innocence où briller mon rêve et l'insouciance. Elle ignorait encore ce que je pouvais faire comme mal, mais après, elle m'a acceptée et disait que c'était tout à fait normal. L'écriture sur elle est une révélation, poser mes mots de souffrances tout en lui parlant est une libération.

- Quand dans tes yeux mon amour je vois tes larmes et ces pleurs, je vois ma peur. Je lui disais. Sans toi je deviens celui que je ne suis pas, je deviens une brute.

- Qu'est-ce qui te fait du bien pour de vrai.

- Ta loyauté, je lui avais dit, car elle me rend heureux et me laisse dormir en paix.

La première loi de la nature est la loyauté, c'est avec mon voyage au cœur de son cœur que j'ai appris ce que veut dire la loyauté.

J'avais appris avec elle ce que c'est la loyauté qui impliquait: sincérité, fiabilité, honnêteté, vérité, fidélité et responsabilité. Sa loyauté est l'une de ses qualités d'âme qui me touche au plus profond, j'ai eu de la chance de connaître une jeune femme respirant cette vertu. Personnellement, je m'applique à essayer d'être le plus loyal possible tout comme ma princesse, j'espère que ceux qui m'ont connu en défaut de cette vertu me pardonneront surtout auparavant. La vie n'est pas facile, et qu'elle est parfois ... bien absurde.

Cet amour est unique, pas ordinaire. Nos mains se font les messagères de notre cœur, et malgré les rides creusées par le temps, nos doigts se mêlent comme au jeune printemps. La tendresse et la complicité renforcent nos liens, nous unissent au quotidien, et nous font voir les promesses de l'avenir, cet avenir dont j'avais peur auparavant, cet avenir qui m'est maintenant prometteur. Aux yeux de fer où la lune ses reflets transparents de pureté où la haine pour choisir fait place aux rires éternels. Pour moi c'était ce qui a fait d'elle la plus belle, car quand elle me parle, même le plus beau des cygnes paraît terne face à elle. Son cœur m'a été remplacé par un océan qui face à sa beauté pure me rend si vulnérable et si faible. Le plus terrible des démons ne pourra éteindre notre flamme qui restera en moi à jamais pour le meilleur et pour le pire.

- Ne me quitte pas, je lui avais dit.
- Oublie cette phrase, elle m'avait dit, je ne te quitterai jamais.

En me disant cette phrase je me suis dit:" elle est belle et moi amoureux..." elle ne voulait pas me quitter, moi non plus. C'était comme une drogue pour moi, chaque soir je devais la voir, chaque jour je devais lui parler. Elle m'a fait oublier tout mon passer, avec elle c'était; renaître un jour et rire tous les jours et pour toujours.

Amour, gentillesse, beauté à mes yeux elle l'était. Mon cœur, mon corps et mon âme je lui avais donné, il ne pouvait rien lui arriver, car éternellement près d'elle je serai et nos cœurs sont liés à tout jamais.

- Je ne rêve que de toi, je disais.
- J'ai rêvé de toi cette nuit.
- Raconte...
- On s'était rencontré face à face rien que toi et moi.
- Et ?
- On s'est embrassé, elle m'avait dit.

- Voilà ce que j'attendais, je disais.
Te faire rêver car depuis qu'on s'est
connus je ne rêve que de toi, en
d'autres mots tu me fais rêver.
Tellement je rêvais d'elle je croyais
que j'étais mort, c'était trop beau
pour moi et pour être vrai. Mais la
réalité était aussi bien plus belle
que mes rêves, car elle contrôlait
tout mon cœur, et dans mes rêves
je contrôlais le sien.

De ses yeux j'avais dessiné notre
ciel et avec son sourire radieux
j'avais fait d'elle mon essentiel. Mon
âme n'a point de cesse de réclamer
sa main, sa douce caresse. Le soir
derrière mon écran elle était ma
force et mon espoir, elle était mon
sang qui coulait dans mes veines,
mon but et ma mémoire. Une claire
de lune s'était évadé vers le soleil,
et mon rayon s'étend vers ma lune,

j'avais fermé mes yeux pour rêver et finir ce que je devais faire dans mon rêve. Je devais me noyer dans cet océan, rêver pour la dernière fois et vivre la réalité éternellement avec ma bien-aimée. Plongé dans ce rêve, j'étais visiteur d'une nuit, je la restais sous les caresses de sa main que je sentais à travers mon rêve. L'amour avait repris ses droits. J'avais pris son océan dans mes bras, et quand je l'embrasse, le temps s'arrête et ma montre se casse. Dans ce rêve l'aigle me dit: - ta tristesse s'évapore, s'en va et sa joie la remplace.

Il avait raison, je ne sentais plus ma souffrance, je ne sentais même plus le démon qui était en moi. Ses fleurs s'ouvrent dans les champs et le printemps refait face. Je ramais avec un sourire radieux, j'étais joyeux. Ce voyage au cœur de son cœur était ma saison de renaissance, je l'attendais avec impatience. Ce voyage et ce rêve pour toujours rapprochera nos cœurs, ce rêve va nous combler de bonheur. Telles les fleurs qui s'épanouissent sous la douce chaleur, elle aura le pouvoir de vivre au gré des heures. En ramant l'aigle me dit: - un chemin merveilleux vous attend et va vous mener au fil des ans, vécus main dans la main, tous ces petits moments du quotidien.

- Tu m'inspires mon ami, je lui avais dit.
- L'inspiration puis l'écriture après la brochure, tracez votre chemin mes petits-enfants, choisissez l'amour et non pas la vie.
- Je n'ai plus de vie, je ne connais aucune vie, de quoi parles-tu mon ami. Je lui avais dit. Ma vie est ma princesse, ma bien-aimée, celle que

j'aime et je continuerai à aimer.

- Oh qu'il me tarde d'être à ce jour, il m'avait dit, vous voir vous chérir éternellement mais plus le temps d'un séjour, plus le temps d'un soir, mais comme celui de cet océan la fin je ne peux la voir.

- Il n'y aura aucune fin, l'horizon de cet océan ne s'arrête pas.

Quoi dire de plus, cet amour et ce rêve est un sentiment le plus difficile à expliquer, ça m'est arrivé comme par magie. Ce sentiment je le vis chaque jour, cette magie ne m'a jamais quittée. Tous les jours je retombe amoureux comme si c'était la première fois, et tous les jours elle me manque. Je commençais à être perdu dans cet océan, aucune ile, seulement notre amour seul au monde que ma barque consommait. Sur cet océan je vivais avec elle en permanence, comblé et le temps ne comptait plus. Je me laisse bercer par ses vagues de bonheur en toute complicité, sachant que rien ne peut nous séparer. C'était mon unique océan d'amour dont je vivais heureux et pour toujours. Je n'avais besoin que de ça; - alors mon océan es-tu pour ce voyage d'éternité? Je disais tout haut.

Dans le rêve je scrutais le ciel et j'avais vu l'aigle qui recommençait à tourner en rond.
- Tu ne me quittes pas des yeux, je disais à haute voix.
L'aigle donnait des secousses à ma barque avec ses ailes à mesure que je ramais.
- Je pourrais me laisser dériver, je me disais, suffit d'enrouler une corde à son bec vu qu'il paraît trop fort et le laisser me guider.
- Viens donc croquer mon cœur, je

disais à l'aigle, bien ferme et froid tu m'en diras des nouvelles.

J'attendais l'aigle avec la corde dans mes mains. La même secousse se fit sentir à nouveau, il était derrière moi.

- Tu es toujours là, je disais tout haut, attache cette corde à ton bec mon ami et laisse-moi voyager avec mon océan de bonheur.

L'aigle se pose sur la barque, j'attache la corde à son bec.

- Voilà, je disais tout haut maintenant emmène-moi à ma bien-aimée.

- Laisse ton cœur faire le chemin, me dit l'aigle.

L'aigle tirait ma barque lentement, lui et moi et notre océan voyage lentement sur l'eau calme. Je tenais la corde par mes mains, je ne voulais pas la lâcher, j'avais mal mais je devais résister.

" Qu'est-ce que je fais si je lâche la corde? Je me le demande."

L'aigle maintenait, tient une ligne droite qui sûrement me mènera vers l'horizon, l'éternité je dirai. Je suivais avec l'aigle le large, avec lui et l'océan je pensais grand, je devenais grand, mes mains devenaient fort. Je regardais derrière moi; on ne voyait plus la terre, ce n'était pas ce qui me gênait car je pensais ne plus revenir, je pensais qu'à mon océan, jusqu'à ce que le soleil se couche l'océan dans mon rêve serait à moi et à moi seul. Des heures et l'aigle ne changeait pas sa direction d'un pouce, il savait où aller, il connaît le chemin je me disais. L'air se mit à fraîchir, la sueur qui couvrait mon visage et mes mains étaient glacées. J'avais réussi à avoir une position confortable sur ma barque, je sentais à peine la douleur de mes mains quand j'avançais, cela me semblait bon.

- Tant qu'il continue son chemin, je ferai tout pour lui et il fera tout pour moi, je me disais.

À un certain moment, je me mis debout et par-dessus ma barque; j'en profitais pour examiner le ciel qui rayonnait sur mon océan et faire encore une fois le point. J'avais perdu de vu le sombre de la réalité pour gagner la lumière de mon rêve et le faire surgir à ma réalité. De loin je voyais la jeune petite fille qui était heureuse de me voir qui nageait, elle chantait et criait; "l'avenir de cet océan sera joie et bonheur et ton avenir sera paix et honneur..."

- Mon Dieu faites que j'arrive à ma destinée, je disais tout haut.

L'aigle me jeta une de ses plumes

et me dit; - écris ton histoire avec cette princesse propriétaire de ce grand océan.

Je tenais la corde en regardant la plume, j'avais décidé de lâcher la corde et prendre la plume. J'avais pris une feuille et je commençais à écrire, c'était ma plume qui me guider, ma barque continuait à avancer, ma plume continuait à écrire de ce qui était plus beau de cet océan, ma plume avait écrit le nom de ma bien-aimée, c'est ainsi qu'un manuscrit du nom: "le voyage au cœur d'un cœur" une œuvre d'art faisait son apparition. L'océan devenait gardien de mes désirs, gardien de mon plaisir.
J'étends les voix de ma princesse, j'étends son éclats de rire, j'étends ses paroles; " tu restes mon seul amour..." L'ange de mon cœur l'élue de ma vie, la gardienne de mon

bonheur, la princesse de mes envies, quand à la douceur de ses lèvres sur mon corps fera de cet océan mon lit et ma planque.

Mon regard sur ce paysage contemple les nuages de ses visions nocturnes, sa douce voix m'interpelle sans cesse par un murmure que seul moi je peux comprendre. Depuis ses doigts de fée qui dégèlent le sang de mon corps, mon cœur ne joue que le refrain de l'orchestre de ses vagues. Mon refuge encré en mer. Deux cœurs innocents impatients qui veulent avancer le temps, je sèche mes larmes sur ce chemin, je la tiens, je me tiens par l'amour et mon plaisir d'écrire sur elle.

- Ma plume emmène-moi plus loin, fais- moi toucher son cœur, sa beauté et son corps, je dis à haute voix.

Le contacte fera la clé qui me fera redémarrer, sans aucun moteur depuis tant de marées. Je bois maintenant à la source de cet océan d'amour, je bois à la source de mon voyage. Je voyage dans son cœur pour le restant de mes jours. Je la regarde, elle me regarde et le dernier qui regarde, regardera à perpète.

En écrivant sur cette barque, dans ce rêve je me disais que l'amour de cet océan était un mystère, quelques mots ont suffi pour éveiller mes jours et éclairer mes nuits. Mystère à cet amour; un sourire et j'étais séduit. Je veux chanter et danser; adieu... adieu tristesse, j'aime et je suis aimé, j'aime et je veux chanter, un sourire...un regard et on écrit quelques mots qui seront rares. Dans ce rêve et ce voyage je voyais à travers ses yeux, à travers ses doigts, je gouttais à sa bouche à sa douceur et à son cœur. Je l'aime à en mourir au rythme du battement de mon cœur, notre histoire est telle qu'une goutte d'eau au contact du feu, tombant sur mon corps et sur ma terre, sur le diamant et de l'or.

Je saute de ma barque, je nage et je me laisse emporter. Je me noie. Je me réveille, maintenant j'avais fait ce que je devais faire, il fallait aller au fond de cet océan pour continuer mon chemin vers la réalité, à présent rien ne m'arrêtera et rien ne s'arrêtera. Je serai le chemin qui mène à la victoire, ma gloire car je sais qu'un jour un matin elle me chuchotera doucement, délicatement: " Je t'aime".

- Ton œuvre est bientôt finie.
- J'ai hâte de le lire.

•Mais notre œuvre ne sera jamais finie.

Tout devient beau à ma réalité. La réalité devenait rêve et le rêve devenait réalité. S'ouvre un nouveau chapitre intitulé" amour" je tourne enfin la page, elle sera près de moi; gardienne de mon cœur. Je me souviens le jour où j'avais fait sa connaissance, je me suis enflammé, mon corps n'était plus qu'un incendie, maintenant je vois briller deux belles flammes; mon cœur et ma future femme.

•Dans la réalité on avait tendance à parler sur le net vu qu'on était loin l'un de l'autre. C'était facile pour nous et merveilleux de temps à autre, le mal que j'avais souffert auparavant s'était enfui comme un rêve. Qu'avez-vous donc de secret ma très belle poésie, je disais au fond de moi à chaque fois que je lui parle. J'avais si longtemps pleuré pour un mal ignoré, c'était un mal vulgaire et bien connu par plusieurs personnes. Grâce à elle il n'y a de vulgaires souffrances, on parle avec confiance, mystère que je ne sais maintenant quel nom elle devrait porter. Ce qui m'est certain c'est qu'elle portera mon nom, ma folie, mon orgueil et mon expérience. Oh poésie le poète est guéri, grâce à ce temps d'aujourd'hui. Il est doux de pleurer et doux de sourire, son cœur me disait. Au souvenir des mots qu'on pourrait jamais oublier, à jamais notre manuscrit nous pourra nous confier. Journée d'amour, seul jour où je vivais non pas survivre. Fauteuil et lampe fidèle, internet immortelle, oui je veux t'ouvrir mon âme, je lui disais, la seule personne qui peut me voir, m'entendre pleurer et dormir, sous ses yeux de sable argentin. L'image de mon rêve vient de s'ouvrir à mes pensées, si la fortune m'est trop cruelle, la richesse de son cœur m'est trop belle. C'est à la rue que je remercie pour l'enfant que je suis, pour pouvoir être aimé par cette jeune princesse au doux petit teint rosé. Nous allons renaitre de nouveau, et sortir nos voiles de nos sommeils. Chanson joyeuse que j'entends maintenant, à présent c'est nous qui allons gagner.

•Ce n'est guère évident de parler de son prénom car elle vit en moi, elle est le soleil de mon écriture, personne ne critique sa poésie, ni ce jour ni le lendemain. Pour être traditionnelle, elle raconte une aventure, la plus belle de toutes, l'aventure de mon âme. C'est aussi une partie de sa vie mise en un manuscrit où submergent toutes ses émotions. En lisant mes écrits je revis avec elle un écho du romantisme qui chante nos émotions, nos impressions personnelles. Lisez à mi-voix mes mots, mes écrits, pour comprendre mon amour envers elle, sentez bien que c'est une révolution romantique qui ne peut être un passé mort. Une révolution romantique qui est sans fin, sentez l'architecture sonore, puis mes paroles qui veulent la décrire, décrire cette jeune femme, cette princesse, ma bien-aimée, celle que j'aime.

Sur le net son cœur s'exprime en une langue assez riche en images; elles me frappent par leur naturel et leur simplicité. Elle est belle et lointaine comme un souvenir qui ne veut pas me quitter. Sa douleur prend le symbole de mon amour, qui saigne sur son corps.

C'est à vous que je parle; oh lecteurs qui veulent voir ce que c'est un amour sans fin, mon sang est sur son cœur, puisse-t-il aux routes de vengeance et crier amour. Je n'étais pas un homme comme vous, vous n'êtes pas encore né pour connaître cet amour, vous êtes encore comme des chats sans yeux, croyez- moi je connais ce que c'est. Un jour viendra sans doute, où cette poésie se trouvera devant vos yeux. Oubliez-la, car ce n'est qu'un cri et un écrit qu'on ne peut appliquer dans votre vie, avais-je le temps de finir ce livre ? non car plusieurs livres ne peuvent la décrire.

Mais quand vous foulerez ce petit livre sachez que ce n'est pas des mains qui l'ont écrit, mais un cœur et un stylo d'âme sœur. Souvenez-vous seulement de ce que j'étais et de ce que je suis avec ma bien-aimée. Le jour viendra où vous allez dire: incroyable c'est un visage d'homme et d'une femme tout simplement.